VOYAGES

EN

FRANCE ET AUTRES PAYS,

EN PROSE ET EN VERS.

IMPRIMÉ PAR DIDOT LE JEUNE,

AVEC LES CARACTÈRES DE LA FONDERIE POLYAMATYPE
DE HENRI DIDOT SON FRÈRE.

FLECHIER.

VOYAGES

EN

FRANCE ET AUTRES PAYS,

EN PROSE ET EN VERS,

Par Racine, La Fontaine, Regnard, Chapelle et Bachaumont,
Hamilton, Voltaire, Piron, Gresset, Fléchier, Lefranc de
Pompignan, Bertin, Desmahis, Bérenger, Bret, Bernardin de
Saint-Pierre, Parny, Boufflers, etc. etc.

ORNÉS DE 36 PLANCHES, DESSINÉES ET GRAVÉES
PAR LES MEILLEURS ARTISTES.

TROISIÈME ÉDITION, AUGMENTÉE.

TOME TROISIÈME.

———

A PARIS,

CHEZ BRIAND, LIBRAIRE,

RUE DE CRÉBILLON, N° 3.

1818.

VOYAGE EN AUVERGNE,

PAR FLÉCHIER.

5. D

FLÉCHIER.

FLÉCHIER (Esprit), né le 1ᵉʳ juin 1632, à Pernes, petite ville du diocèse de Carpentras, passa ses premières années dans la congrégation des doctrinaires, où il se forma sous le P. Audiffret, son oncle. D'abord évêque de Lavaur, puis de Nîmes, il se conduisit en pasteur charitable et compatissant. Une malheureuse fille, que ses parens avaient contrainte de se faire religieuse, était cruellement détenue pour avoir eu la faiblesse de céder

à l'amour ; Fléchier vint lui-même
la tirer du réduit affreux où elle
se livrait au désespoir, et lui rendit la liberté. (C'est ce trait qu'on
a attribué à Fénélon pour le mettre
sur la scène tragique, en 1793,
sous le titre de *Fénélon, ou les
Religieuses de Cambrai.*

On trouve dans les OEuvres de
cet illustre prélat, recueillies en
10 vol. in-8.°, Nîmes, 1782, des
Panégyriques estimés; des *Orai-
sons funèbres* préférables à celles
de Bossuet pour l'harmonie et les
charmes du style, mais inférieures
pour le nerf des idées et la rapidité des mouvemens; des *Sermons*
d'un mérite ordinaire; des *Man-*

demens regardés comme des modèles dans leur genre; *l'Histoire de Théodose*, plus estimée pour le style que pour les recherches; *la Vie du cardinal de Ximénès*, écrite trop pompeusement, et celle *du Cardinal Commandon*, traduite avec assez de fidélité du latin de Gratiani; des *Lettres* dont le style est pur, mais peu épistolaire; enfin de petites pièces en vers et en prose, où l'on trouve quelquefois de la gaîté : de ce nombre est *le Voyage d'Auvergne*, dont nous avons retranché tout ce qui n'offrait qu'un intérêt de circonstance. Ceux qui nous objecteront la médiocrité de cette production ne pourront au moins disconvenir qu'il ne s'y trouve des descriptions intéressantes, et plusieurs anecdotes curieuses.

VOYAGES

EN

FRANCE, ET AUTRES PAYS.

~~~~~~

VOYAGE

EN AUVERGNE.

—

M. DE CAUMARTIN, maître des requêtes, ayant été mis au nombre de ceux qui devaient composer le tribunal extraordinaire érigé en 1665 à Clermont en Auvergne, M. Fléchier, qui s'était chargé de l'éducation du fils de ce magistrat, fit le voyage. La relation qu'il nous en a laissée commence à son arrivée dans la ville de Riom, une des plus riches et des plus agréables de France. Il débute

par une description de ses rues larges et
commodes, de, ses édifices publics et
particuliers, de sa riante situation au
milieu des plaines fertiles et délicieuses
de la Limagne (1), des mœurs douces et
faciles de ses habitans, et du ton de politesse qui régnait dans leurs assemblées.
Les expressions lui manquent quand il
veut peindre la beauté des campagnes
qui sont autour de la ville et leur fertilité.

Après avoir passé quelques jours à
Riom, MM. les commissaires se rendirent à Clermont. Ces villes ne sont éloi-
gnées l'une de l'autre que de deux
lieues ; mais la route est si belle, si
riante, qu'elle ressemble plutôt à une
promenade qu'à un grand chemin. Elle
est bordée de beaux arbres des deux côtés, qui sont arrosés par des ruisseaux
d'une eau claire et vive, comme par des
canaux naturels, qu'on dirait creusés
tout exprès. On découvre d'un côté les

montagnes du Forez dans l'éloignement, et une grande étendue de prairies, qui sont d'un vert plus vif que celui des autres pays. D'un autre côté, l'on voit les montagnes d'Auvergne, qui sont fort proches, mais qui, par la variété de leur nature et la fertilité des terres qui les environnent, bornent la vue si agréablement, qu'on ne voudrait pas qu'elle s'étendît plus loin.

Tout le peuple de Clermont et des lieux voisins était répandu sur la route pour voir arriver les magistrats qui venaient leur rendre justice. Tous les corps étaient venus au-devant d'eux, et attendaient d'espace en espace, pour débiter, chacun à leur tour, les harangues qu'ils avaient préparées, et où ils n'avaient pas épargné les brillantes comparaisons tirées du soleil et de ses rayons, de la lune et de sa douce lumière, des grands et des petits jours (2) : ceux-là, propres aux grandes entreprises, par leur durée et leur sérénité ; ceux-ci, plus favorables à l'exécution des mauvais desseins que des bons, à cause des ténèbres et de l'obscurité qui les couvrent. Après avoir essuyé toutes ces fâcheuses rencontres, les magistrats entrèrent dans la ville, où il fallut encore s'arrêter pour entendre d'autres harangueurs.

Le lendemain, dès le matin, nouveaux complimens. Les officiers des justices voisines, dit la relation, vinrent s'humilier devant celle de Paris, et lui rendre hommage. Des religieux de différentes couleurs se présentèrent en corps pour remplir le même devoir, en citant S. Paul et S. Augustin. « Un jésuite à la tête de « son collége, et un capucin le plus vé- « nérable de la province, se signalèrent « à citer les plus beaux endroits des « saints pères, à la louange de messieurs « des grands jours, et firent voir, avec « beaucoup d'érudition, que saint Au- « gustin et saint Ambroise avaient pro-

es
e
e
r
,
l
e

k
s

Fragonard fils del.   Baquoy sc.

Les dames arrivaient par troupes.
d'un air gauche et décontenancé.

« phétisé ce qui se passait alors en Au-
« vergne. »

La ville de Clermont parut aux yeux
du célèbre voyageur une des moins agréables de France, à cause de sa situation
trop voisine des montagnes, et de ses rues
si étroites, que la plus grande, dit-il,
est la juste mesure d'un carrosse.

. . . .

. . . .

Lorsque les dames de la ville vinrent
faire visite à celles qui avaient accom-
pagné MM. les commissaires, Fléchier,
qui observait tout avec les yeux de la curiosité, était présent; et la manière dont
il rend cette scène est tout-à-fait plaisante. Les dames arrivaient par troupes,
afin de se rassurer les unes les autres,
et d'être moins remarquées. Leur façon
de se présenter, leur air gauche et décontenancé, leurs bras pendans ou croi-
sés sur la poitrine, sans aucun mouvement; leur parure, où les modes du

temps étaient portées à l'excès, comme
c'est l'usage des femmes de province ;
leur affectation à se placer en cercle,
suivant la qualité de leurs maris, ou
suivant l'époque de leur mariage ; rien
de ce qui peut former un tableau d'un
ridicule achevé n'échappe au pinceau du
narrateur. Il distingue néanmoins, dans
cette foule, madame Perrier, sœur de
M. Pascal, femme du plus grand mérite, que madame la marquise de Sablé
a tant louée, et qui le méritait à si juste
titre. « Elle tirait plus de gloire, dit Flé-
« chier, de ses qualités personnelles et
« de ses vertus que de l'honneur d'avoir
« pour frère le plus grand géomètre et
« le plus parfait écrivain du siècle ; en
« sorte qu'elle aurait joui de la même
« réputation quand il n'y aurait pas
« eu de Pascal pour illustrer sa famille,
« et de marquise de Sablé pour faire son
« éloge. »

. . . .

L'abbé Fléchier, ayant trouvé une occasion pour aller à Vichi, ce lieu si re-
nommé à cause de ses eaux médicinales
et de ses bains salutaires, ne la laissa
pas échapper. Il n'y a pas, dit-il, de
paysage plus beau, plus riche et plus
varié que celui-là. Quand on y arrive, on
voit d'un côté des plaines fertiles, de
l'autre des montagnes, dont le sommet se perd dans les nues, et dont
l'aspect forme une infinité de tableaux
différens. . . . Un de mes amis, ajoute-t-
il, qui fait de très-jolis vers, me disait
qu'il venait y passer tous les ans six
semaines, non pas tant pour sa santé
que pour son amusement,

......pour voir ces lieux à loisir,
Où la nature a pris plaisir
A réunir dans l'étendue
Tout ce qui peut plaire à la vue :
Les villages et les châteaux,
Et les vallons et les coteaux,
La perspective des montagnes

3.
2

Couronnant de vastes campagnes :
Le beau fleuve qui, dans son cours,
Forme à leur pied mille détours :
La verdure émaillée des plaines,
Le cristal de mille fontaines.

. . . .
. . . .
. . . .
. . . .

Tous les efforts que la peinture
Fait pour embellir la nature
Ne sont que de faibles crayons
Des beautés que nous y voyons.
Auprès de toutes ces merveilles,
Qui sont peut être sans pareilles,
Je n'estimera. pas un chou
Le paysage de Saint-Cloud,
Non plus que celui de Surène
Arrosé des eaux de la Seine ;
Et qui vante Montmorenci,
Se tairait, s'il eût vu ceci.

La relation continue. « Outre les sour-
« ces qui ne servent qu'à récréer la vue
« et arroser les champs, on en voit d'au-
« tres qui fortifient le corps et qui
« soulagent les malades en détruisant

« la cause des maux qu'ils souffrent.
« Par de longs canaux souterrains elles
« semblent accourir au secours de cent
« misérables qui viennent de tant de
« pays y chercher la fin de leurs tour-
« mens. En passant à travers le soufre
« et le vitriol, elles se rendent dans de
« grands bassins qu'on leur a creusés, et
« se présentent en bouillonnant à tous
« ceux que l'espoir de la santé fait arriver
« en foule dans cet heureux canton. »

La saison était déjà avancée, et la
plupart des buveurs s'étaient retirés. Il
ne restait plus guère que des religieux
et des religieuses, qui, arrivés des premiers, s'étaient arrangés pour ne partir
que des derniers. Parmi sept ou huit religieuses qui se trouvaient là, les unes
avaient obtenu des ordres de la cour pour
y venir malgré leurs évêques ; d'autres
avaient si bien fait leur cour aux évêques,
que ces prélats leur avaient permis de
s'y rendre, malgré les supérieurs locaux,

et toutes ne paraissaient occupées que
du soin de profiter à l'envi les unes des
autres de ce temps de liberté.

. . . .
. . . . L'ingénieux narrateur s'égaie
aux dépens de quelques originaux dont
il peint les ridicules d'une manière aussi
naïve que plaisante, quoique jamais il
n'eût de penchant pour la satire. D'a-
bord c'est un capucin d'une tournure
plus élégante que celle de ses confrères,
qui est dans l'usage de parcourir chaque
année tous les bains de la province, pour
ramasser dans un lieu des anecdotes
qu'il débite dans un autre. Ce sont ensuite deux provinciales, bien précieuses et bien singulières. L'une, dit-il,
était d'une taille qui approchait de celle
des anciens géans; et son visage, n'étant
pas proportionné à sa taille, elle avait la
démarche et la figure d'une laide amazone. L'autre était, au contraire, fort
belle; mais son visage était si couvert

de mouches, que je n'en pus voir autre chose que le nez et les yeux. Je remarquai seulement qu'elle était un peu boiteuse ; mais ce qu'on ne pouvait s'empêcher de voir dans leurs manières, leur parure et tout leur extérieur, c'était que l'une et l'autre se croyaient belles.

. . . .

. . . .

L'abbé Fléchier rend compte d'une espèce de petit pèlerinage de dévotion qu'il fit avec quelques-uns des étrangers que les grands jours avaient fait venir comme lui de Paris à Clermont. Le terme de ce pèlerinage était l'abbaye de Saint-Allyre, lieu célèbre dans un des faubourgs de la ville. Après avoir fait la description du monastère, il se divertit à rapporter les contes que l'abbé, homme simple et crédule, leur fit sur les prodiges de saint Allyre, qui, suivant la chronique, avait obligé le diable à transporter d'Allemagne en Auvergne un pilier fort élevé pour servir à la construction de l'église qu'il bâtissait alors.

Un prodige d'un autre genre fixe ensuite son attention ; c'est une fontaine (3) dont l'eau a la propriété de transformer en pierre les corps solides qu'on y plonge, ou que le hasard y fait tomber.

Fléchier, toujours attentif à rendre compte de ses promenades, quand elles ont été l'occasion de quelques conversations instructives ou plaisantes, parle de son entrée dans le cloître des Jacobins avec un citoyen de Clermont, homme d'esprit, et qui ne manquait pas d'instruction.

Ce cloître était, non pas orné, mais tapissé de peintures fort singulières, tant pour le dessin que pour le goût et l'exécution. Le premier objet de ce genre qui frappa la vue des deux promeneurs, fut un vaste tableau tout rempli de figures d'empereurs, de rois, de reines, et

d'autres personnages d'un rang auguste,
décorés des attributs de leurs dignités.
« Nous étions occupés à considérer ce
« tableau, et nous en cherchions le su-
« jet, dit la relation, lorsque nous fûmes
« abordés par un religieux de la mai-
« son, qui, par son âge et la gravité de
« son extérieur, paraissait être un des
« sujets considérables de son ordre. Ce
« que vous voyez là, nous dit ce bon
« père, est un des plus beaux monu-
« mens qu'on ait pu conserver à la gloire
« de notre saint fondateur et à la no-
« blesse de notre ordre ; car si les Jésui-
« tes élèvent si haut leur saint Ignace
« de Loyola, qui n'était qu'un simple
« gentilhomme biscaïen, que ne pou-
« vons-nous pas dire de saint Domini-
« que, qui était un des grands du royaume
« de Castille, parent ou allié d'un grand
« nombre de souverains ! Voilà ce que
« la peinture a voulu représenter ; et l'on
« peut dire qu'elle n'a usé ni de flatterie

« ni d'exagération, en traitant ce beau
« sujet, et qu'elle s'est renfermée dans
« les bornes exactes de la vérité. D'ail-
« leurs, ajouta-t-il, si ç'a été un si grand
« honneur pour le saint patriarche de
« notre ordre d'être né dans un rang dis-
« tingué, ce n'en est pas un moindre
« pour nous d'être ses enfans spirituels ;
« car tous ces rois, ces empereurs et ces
« princes de la terre sont aussi devenus
« nos parens par cette filiation, selon
« l'esprit que nous tirons de lui, comme
« membres de la famille dont il est le
« chef. Pendant que le bon père faisait
« l'éloge de son ordre d'une manière un
« peu mondaine, nos regards se fixèrent
« sur une autre peinture qui nous parut
« d'un goût assez bizarre. On y voyait
« des jacobins, les uns armés de mas-
« sues comme des Hercules, les autres
« avec des lances, comme ceux qui s'ap-
« prêtent à courir la bague ; et d'autres
« encore portant à la main des torches

« ardentes ou des épées teintes de sang.
« Nous nous regardions avec surprise,
« comme pour nous demander l'un à
« l'autre la signification de ce tableau,
« lorsque le bon religieux, s'apercevant
« sans doute de notre embarras, nous
« dit : Ce sont les premiers martyrs de
« notre ordre qui ont été assommés à
« coups de massues, percés de lances,
« brûlés avec des flambeaux ardens, ou
« tués par le tranchant de l'épée ; et ces
« généreux défenseurs de la foi jouissent,
« comme dit le docteur angélique . . . . .
« oui, messieurs, jouissent. . . . . .

« Il nous aurait cité quelques pages
« de saint Thomas, si l'un de nous ne
« l'eût interrompu pour lui demander
« l'explication d'un des plus curieux de
« ces portraits. C'était un jacobin tenant
« une balance où il y avait d'un côté un
« panier plein des plus beaux fruits, et
« de l'autre ces mots : *Dieu vous le rende* ;
« et ces quatre paroles étaient si pesan-

« tes, qu'elles emportaient l'autre bassin
« de la balance chargé de fruits. Ah! s'é-
« cria le père, voilà un des plus beaux
« traits de toute l'histoire de notre ordre :
« ce miracle, que Dieu a opéré par un
« de nos religieux, montre évidemment
« que les aumônes qu'on nous fait en
« vue de Dieu sont bien payées par le
« vœu que nous exprimons pour l'avan-
« tage spirituel de nos bienfaiteurs, en di-
« sant : *Dieu vous le rende !* Il serait bon
« qu'on prêchât souvent cette histoire ;
« les gens du monde en deviendraient
« plus charitables, et nous ne serions
« pas réduits à vivre si pauvrement... »

« Il allait déclamer contre le siècle ;
« mais nous arrêtâmes l'essor de son
« zèle en nous avançant vers l'une des
« galeries du cloître, dont les tableaux,
« comme on l'apprenait d'une inscrip-
« tion latine qu'on lisait à l'entrée, étaient
« consacrés à représenter les miracles du
« rosaire. Vous allez voir, nous dit le bon

« père, les prodiges que la puissance de
« Dieu a opérés pour étendre et affermir
« la dévotion la plus solidement etablie
« et la plus utile au salut qu'il y ait dans
« l'église. Voyez, continua-t-il, dans ce
« premier tableau, cet évêque emporté
« par la rapidité des flots d'un torrent
« qui l'entraîne, et qui lève les mains
« au ciel pour implorer son assistance
« dans l'extrême danger où il se trouve :
« c'était un prélat très-opposé à la dévo-
« tion du rosaire, et qui ne voulait pas
« qu'on en établît des confréries dans
« son diocèse, parce qu'il n'aimait pas
« les frères prêcheurs; mais Dieu, qui
« protége toujours les siens, permit que
« ce prélat, en voyageant, tombât dans
« un torrent impétueux, dont les eaux
« l'auraient englouti, sans les prières de
« ce saint homme que vous voyez sur le
« rivage (c'était un jacobin qui tendait
« la main à l'évêque pour le sauver du
« naufrage). Dieu le convertit par cet

« événement, et depuis nous n'avons
« pas eu de meilleur ami ni de protec-
« teur plus zélé de nos confréries. Le
« bon père parlait toujours en nous sui-
« vant ; mais, par bonheur pour nous,
« une cloche qui l'appelait au chœur
« vint à sonner, et il se rendit à l'office,
« en nous promettant de revenir bientôt,
« parce qu'il avait encore beaucoup de
« choses curieuses à nous dire ; mais
« nous, qui ne voulions pas en entendre
« davantage, nous n'eûmes garde de l'at-
« tendre. »

Les cérémonies accoutumées du jour
de l'an donnèrent occasion de faire encore des complimens. On ne s'occupa
donc, pendant quelques jours, que de
vers, de poëmes, de chansons, de harangues à la louange de MM. les magistrats des grands jours. La moins mauvaise de ces productions est un sonnet
adressé à M. le président de Novion, qui
finit par ces vers :

Tu fais encore ici ce que tu fis toujours ;
    Car de tous les jours de ta vie
Tes belles actions en ont fait de grands jours.

Les jésuites, qui tenaient le collége de Clermont, ne voulurent pas garder le silence dans une circonstance où tant de gens plus étrangers qu'eux sur le Parnasse se croyaient inspirés par Apollon. Ainsi les muses latines s'occupèrent aussi du tribut qu'elles devaient au restaurateur de la justice. D'abord, les bons pères s'étaient proposé de faire jouer dans leur maison une tragédie-ballet qui aurait représenté le retour d'Astrée sur la terre. Mais, soit qu'ils n'eussent pas eu assez de temps pour dresser les acteurs, soit que les maîtres de danse sur lesquels ils comptaient n'eussent pas répondu à leurs vues, ce grand projet n'eut point d'exécution. Tous leurs desseins se terminèrent à la composition d'un poëme latin intitulé : *Le Temple de Thémis*, ou *la Justice rétablie*. Au jugement de l'abbé

5.   3

Fléchier, il y avait dans cette pièce quelques bons vers et quelques pensées ingénieuses : mais le plan de l'ouvrage et les
idées principales étaient si bizarres,
qu'elles approchaient du ridicule. D'a-
bord l'auteur construisait le temple de
Thémis des ruines de ceux qui avaient
appartenu aux huguenots. Il feignait ensuite que tous les saints rois qui avaient
gouverné la France, *beatos Galliæ pro-
ceres*, depuis l'origine de la monarchie,
s'étaient assemblés dans une grande place,
au milieu des airs, pour conférer sur les
moyens de rétablir le règne de la justice.
Ce qu'il y avait de plaisant, c'est que
cette assemblée de saints rois commen-
çait à Pharamond, qui était païen, et fi-
nissait à Henri IV. Une autre idée non
moins singulière, c'est que l'auteur lo-
geait Thémis, bannie de la France, au
sommet des Alpes, où elle mourait de
froid. Le résultat de ce grand conseil tenu
en l'air était que le feu roi Louis XIII

irait trouver son fils Louis xiv pendant qu'il dormirait, pour lui conseiller d'établir les grands jours à Clermont en Auvergne; et les raisons de préférer cette province et cette ville à toutes les autres étaient que la Limagne est le pays le plus fertile de la France; qu'il y a à Clermont un présidial et une cour des aides; que l'intendant était un homme doux et poli, et que l'évêque, avec son bâton pastoral, chassait de la bergerie les loups qui se cachaient sous la peau de brebis. Sur ces représentations de son père, le roi faisait entrer Thémis dans son conseil, où elle prononçait une belle harangue, après laquelle on choisissait parmi les sénateurs les plus intègres et les plus savans.

NOTES

SUR LE VOYAGE D'AUVERGNE.

NOTE 1. *De la Limagne.*

CETTE vallée, qui peut avoir douze lieues de longueur sur huit de largeur, est composée de plaines arrosées par l'Allier, et coupées çà et là par des coteaux ou montagnes inférieures. On n'y voit point cette fécondité nue et monotone de certains pays ; partout le vert des feuillages se mêle à l'or des moissons. Des saules élevés protègent et embellissent les prairies. Les grandes routes, bordées de noyers, et dans un alignement parfait, ressemblent aux allées d'un beau jardin. On y cueille du blé, du vin et d'excellens fruits en abondance : comme dans tous les endroits situés au pied des montagnes, on y est exposé aux orages ; et le passage du froid au chaud est souvent très-brusque.

NOTE 2. *Des grands et des petits jours.*

La tenue du tribunal extraordinaire érigé à Clermont s'appelait *les grands jours.*

Note 3. *Une fontaine.*

Ses eaux, quoique très-claires et très-limpides à l'œil, tiennent en dissolution des matières calcaires, qui restent en sédiment à mesure que l'air fixe se dégage. Par ces dépôts successifs, il s'est formé, depuis la source jusqu'au ruisseau où elle tombe, une espèce de mur-aqueduc; puis à l'endroit de la chute, dans la partie supérieure qui n'a point été obstruée par le courant, une saillie considérable en forme de demi-cône irrégulier. De cette saillie a résulté un pont naturel. Il existe encore un autre pont moins élevé sur le même ruisseau, sur lequel les voitures peuvent passer. C'est entre ce pont-là et le premier, que l'observateur peut voir les progrès de la formation du rocher minéral. En tombant, l'eau forme des espèces de stalactites roussâtres qui s'amoncellent insensiblement, se durcissent, et forment une masse qui parviendrait bientôt à la rive opposée, si de temps en temps on ne s'occupait à la détruire.

Les curieux portent au courant de cette fontaine différentes substances animales ou végétales qu'ils désirent conserver. Les incrustations les plus sûres sont celles des oiseaux de moyenne grosseur, des serpens, des poires, des raisins, etc.; celle des animaux d'une certaine grosseur réussissent rarement, parce que l'animal se corrompt en même temps qu'il s'incruste.

VOYAGE

DE PARIS EN LIMOSIN,

PAR LA FONTAINE.

LA FONTAINE.

Jean de La Fontaine, né à Château-Thierry en 1621, mort à Paris en 1695.

VOYAGE

DE PARIS EN LIMOSIN,

A MADAME DE LA FONTAINE.

Vous n'avez jamais voulu lire d'autres
voyages que ceux des chevaliers de la table
ronde ; mais le nôtre mérite bien que vous
le lisiez. Il s'y rencontrera pourtant des
matières peu convenables à votre goût ;
c'est à moi de les assaisonner, si je puis,
en telle sorte qu'elles vous plaisent ; et
c'est à vous de louer en cela mon intention, quand elle ne serait pas suivie du
succès. Il pourra même arriver, si vous
goûtez ce récit, que vous en goûterez
après de plus sérieux. Vous ne jouez, ni ne

travaillez, ni ne vous souciez du ménage;
et hors le temps que vos bonnes amies
vous donnent par charité, il n'y a que les
romans qui vous divertissent. C'est un
fonds bientôt épuisé : vous avez lu tant
de fois les vieux, que vous les savez;
il s'en fait peu de nouveaux; et parmi ce
peu, tous ne sont pas bons; ainsi vous
demeurerez souvent à sec. Considérez, je
vous prie, l'utilité que ce vous serait, si,
en badinant, je vous avais accoutumée à
l'histoire, soit des lieux, soit des personnes : vous auriez de quoi vous désennuyer toute votre vie, pourvu que ce
soit sans intention de rien retenir, moins
encore de rien citer : ce n'est pas une
bonne qualité pour une femme d'être
savante, et c'en est une très-mauvaise
d'affecter de paraître telle.

Nous partîmes donc de Paris le 23 du
courant, après que M. Jannart eut reçu
les condoléances de quantité de personnes
de condition et de ses amis. M. le lieute-

nant criminel en usa généreusement,
libéralement, royalement; il ouvrit sa
bourse et nous dit que nous n'avions qu'à
puiser : le reste du voisinage fit des merveilles. Quand il eût été question de trans-
férer le quai des orfèvres, la cour du
palais et le palais même, à Limoges, la
chose ne se serait pas autrement passée.
Enfin ce n'était chez nous que proces-
sions de gens abattus et tombés des nues.
Avec tout cela, je ne pleurai point; ce
qui me fait croire que j'acquerrai une
grande réputation de constance dans cette
affaire. La fantaisie de voyager m'était
entrée quelque temps auparavant dans
l'esprit, comme si j'eusse eu des pressen-
timens de l'ordre du roi. Il y avait plus
de quinze jours que je ne parlais d'autre
chose que d'aller tantôt à Saint-Cloud,
tantôt à Charonne, et j'étais honteux
d'avoir tant vécu sans rien voir : cela ne
me sera plus reproché, grâces à Dieu !
On nous a dit, entre autres merveilles,

3.   4

que beaucoup de Limosines de la première bourgeoisie portent des chaperons
de drap rose-sèche sur des cales de ve-
lours noir. Si je trouve quelqu'un de ces
chaperons qui couvre une jolie tête, je
pourrai m'y amuser en passant, et par
curiosité seulement. Quoi qu'il en soit,
j'ai tout-à-fait bonne opinion de notre
voyage ; nous avons déjà fait trois lieues
sans aucun mauvais accident, sinon que
l'épée de M. Jannart s'est rompue ; mais,
comme nous sommes gens à profiter de
tous nos malheurs, nous avons trouvé
qu'aussi-bien elle était trop longue et
l'embarrassait. Présentement nous sommes à Clamart, au-dessous de cette fameuse montagne où est situé Meudon ;
là, nous devons nous rafraîchir deux ou
trois jours. En vérité, c'est un plaisir que
de voyager, on rencontre toujours quelque chose de remarquable. Vous ne sauriez croire combien est excellent le beurre
que nous mangeons ; je me suis souhaité

vingt fois de pareilles vaches, un pareil
herbage, des eaux pareilles, et ce qui
s'ensuit, hormis la batteuse, qui est un
peu vieille. Le jardin de M.C...mérite
aussi d'avoir place dans cette histoire ;
il a beaucoup d'endroits fort champêtres,
et c'est ce que j'aime sur toute chose.
Ou vous l'avez vu, ou vous ne l'avez pas
vu ; si vous l'avez vu, souvenez-vous de
ces deux terrasses que le parterre a en
face et à la main gauche, et des rangs
de chênes et de châtaigniers qui les bordent : je me trompe bien si cela n'est
beau. Souvenez-vous aussi de ce bois qui
paraît en l'enfoncement, avec la noir-
ceur d'une forêt âgée de dix siècles ; les
arbres n'en sont pas si vieux à la vérité ,
mais toujours peuvent-ils passer pour les
plus anciens du village ; et je ne crois
pas qu'il y en ait de plus vénérables sur
la terre. Les deux allées qui sont à droite
et à gauche me plaisent encore : elles ont
cela de particulier, que ce qui les borne

est ce qui les fait paraître plus belles.
Celle de la droite a tout-à-fait la mine
d'un jeu de paume, elle est à présent
bordée d'un amphithéâtre de gazon, et
a le fond relevé de huit ou dix marches;
il y a de l'apparence que c'est l'endroit
où les divinités du lieu reçoivent l'hommage qui leur est dû.

> Si le dieu Pan, ou le Faune,
> Prince des bois, se dit-on,
> Se fait jamais faire un trône,
> C'en sera là le patron.
>
> Deux châtaigners, dont l'ombrage
> Est majestueux et frais,
> Le couvrent de leur feuillage,
> Ainsi que d'un riche dais.
>
> Je ne vois rien qui l'égale,
> Ni qui me charme à mon gré,
> Comme un gazon qui s'étale
> Le long de chaque degré.
>
> J'aime cent fois mieux cette herbe
> Que les précieux tapis

Sur qui l'Orient superbe
Voit ses empereurs assis.

Beautés simples et divines,
Vous contentiez nos aïeux,
Avant qu'on tirât des mines
Ce qui nous frappe les yeux.

De quoi sert tant de dépense ?
Les grands ont beau s'en vanter ;
Vive la magnificence
Qui ne coûte qu'à planter !

Nonobstant ces moralités, j'ai conseillé
à madame C... de faire bâtir une maison proportionnée en quelque manière à
la beauté de son jardin, et de se ruiner
pour cela. Nous partirons de chez elle
demain 26, et nous irons prendre au
Bourg-la-Reine la commodité du carrosse
de Poitiers, qui y passe tous les diman-
ches. Là se doit trouver un valet de pied
du roi, qui a ordre de nous accompagner jusqu'à Limoges. Je vous écrirai ce
qui nous arrivera en chemin, et ce qui

nous semblera digne d'être observé. Cependant, faites bien mes recommandations à notre marmot, et dites-lui que peut-être j'amènerai de ce pays-là quelque beau petit chaperon pour le faire jouer, et pour lui tenir compagnie.

A Clamart, ce 25 août 1663.

SUITE

DU MÊME VOYAGE.

Les occupations que nous eûmes à Clamart, votre oncle et moi, furent différentes. Il ne fit aucune chose digne de
mémoire. Il s'amusa à des expéditions,
à des procès, à d'autres affaires. Il n'en
fut pas ainsi de moi ; je me promenai, je
dormis, je passai le temps avec les dames
qui nous vinrent voir. Le dimanche étant
arrivé, nous partîmes de grand matin.
Madame C... et notre tante nous accom-
pagnèrent jusqu'au Bourg-la-Reine. Nous
y attendîmes près de trois heures ; et
pour nous désennuyer, ou pour nous
ennuyer encore davantage (je ne sais
pas bien lequel je dois dire), nous ouïmes

une messe paroissiale. La procession,
l'eau bénite, le prône, rien n'y manquait. De bonne fortune pour nous, le
curé était ignorant, et ne prêcha point.
Dieu voulut enfin que le carrosse passât;
le valet de pied y était, point de moines,
mais en récompense, trois femmes, un
marchand qui ne disait mot, et un notaire qui chantait toujours et qui chantait très-mal; il reportait en son pays
quatre volumes de chansons. Parmi les
trois femmes il y avait une Poitevine,
qui se qualifiait comtesse; elle paraissait
assez jeune et de taille raisonnable, té-
moignait avoir de l'esprit, déguisait son
nom, et venait de plaider en séparation
contre son mari, toutes qualités de bon
augure; et j'y eusse trouvé matière de ca-
jolerie, si la beauté s'y fût rencontrée;
mais sans elle, rien ne me touche, c'est
à mon avis le principal point. Je vous
défie de me faire trouver un grain de sel
dans une personne à qui elle manque.

Telle était donc la compagnie que nous avons eue jusqu'au port de Pilles. Il fallut à la fin que l'oncle et la tante se séparassent ; les derniers adieux furent tendres, et l'eussent été beaucoup davantage, si le cocher nous eût donné le loisir de les achever. Comme il voulait regagner le temps qu'il avait perdu, il nous mena d'abord avec diligence. On laisse, en sortant du Bourg-la-Reine, Sceaux à la droite, et à quelque lieues de là Chilly à la gauche, puis Montlhéry du même côté. Est-ce Montlhéry qu'il faut dire ou Montlehéry ? C'est Montlehéry quand le vers est trop court, et Montlhéry quand il est trop long. Montlhéry donc ou Montlehéry, comme vous voudrez, était jadis une forteresse que les Anglais, lorsqu'ils étaient maîtres de la France, avaient fait bâtir sur une colline assez élevée. Au pied de cette colline est un bourg qui en a gardé le nom. Pour la forteresse, elle est démolie, non point par les ans ; ce qui en reste, qui

est une tour fort haute, ne se dément
point, bien qu'on en ait ruiné un côté ;
il y a encore un escalier qui subsiste, et
deux chambres où l'on voit des peintures anglaises : ce qui fait foi de l'anti-
quité et de l'origine du lieu. Voilà ce
que j'en ai appris de votre oncle, qui dit
être entré dans les chambres ; pour moi
je n'en ai rien vu : le cocher ne voulait
arrêter qu'à Châtres, petite ville qui appartient à M. de Condé, l'un de nos
grands-maîtres. Nous y dinâmes. Après
le dîner, nous vîmes encore à droite et à
gauche force châteaux ; je n'en dirai mot,
ce serait une œuvre infinie. Seulement
nous passâmes auprès du Plessy-Pâté,
et traversâmes ensuite la vallée de Cau-
catrix, après avoir monté celle de
Tréfou : car, sans avoir étudié en philosophie, vous pouvez vous imaginer qu'il
n'y a point de vallée sans montagne. Je
ne songe point à cette vallée de Tréfou
que je ne frémisse.

C'est un passage dangereux,
Un lieu pour les voleurs, d'embûche et de retraite,
A gauche un bois, une montagne à droite,
        Entre les deux
        Un chemin creux.
    La montagne est toute pleine
    De rochers faits comme ceux
    De notre petit domaine.

Tout ce que nous étions d'hommes dans le carrosse, nous descendîmes, afin de soulager les chevaux. Tant que le chemin dura, je ne parlai d'autre chose que des commodités de la guerre : en effet, si elle produit des voleurs, elle les occupe, ce qui est un grand bien pour tout le monde, et particulièrement pour moi, qui crains naturellement de les rencontrer. On dit que ce bois que nous cotoyâmes en fourmille : cela n'est pas bien, il méritait qu'on le brûlât.

Républiquc de loups, azile de brigands,
    Faut-il que tu sois dans le monde !

Tu favorises les méchans,
　　Par ton ombre épaisse et profonde.
Ils égorgent celui que Thémis, ou le gain,
Ou le désir de voir, fait sortir de sa terre.
En combien de façons, hélas ! le genre humain
　　　　Se fait à soi-même la guerre !
Puisse le feu du ciel désoler ton enceinte !
Jamais celui d'amour ne s'y faire sentir,
　　　N'y ne s'y laisser amortir !
Qu'au lieu d'Amaryllis, de Diane et d'Aminte,
On ne trouve chez toi que vilains bûcherons,
　　　Charbonniers noirs comme démons,
　　　Qui t'accommodent de manière
　　　Que tu sois à tous les larrons
　　　Ce qu'on appelle un cimetière !

Notre première traite s'acheva plus tard que les autres ; il nous resta toutefois assez de jour pour remarquer, en entrant dans Étampes, quelques monumens de nos guerres : ce n'est pas les plus riches que j'aie vus ; j'y trouvai beaucoup de gothique : aussi est-ce l'ouvrage de Mars, méchant maçon, s'il en fut jamais.

Il nous laisse ces monumens
Pour marque de nos mouvemens :
Quand Turenne assiégea Tavanne,
Turenne fit ce que la cour lui dit :
Tavanne, non ; car il se défendit :
Et joua de la sarbacanne.
Beaucoup de sang français fut alors répandu;
On perd de deux côtés dans la guerre civile :
Notre prince eût toujours perdu,
Quand même il eût gagné la ville.

Enfin, nous regardâmes avec pitié les faubourgs d'Étampes. Imaginez-vous une suite de maisons sans toits, sans fenêtres, percées de tous côtés; il n'y a rien de plus laid et de plus hideux. Cela me remet en mémoire les ruines de Troie la grande. En vérité, la fortune se moque bien du travail des hommes. J'en entretins le soir notre compagnie, et le lendemain nous traversâmes la Beausse, pays ennuyeux, et qui, outre l'inclination que j'ai à dormir, nous en fournissait un très-beau sujet. Pour s'en empê-

cher, on mit une question de controverse sur le tapis : notre comtesse en fut
cause, elle est de la religion ; elle nous

montra un livre de Dumoulin. M. de
Châteauneuf (c'est le nom du valet de
pied) l'entreprit, et lui dit que sa religion
ne valait rien pour bien des raisons. Pre-
mièrement, Luther a eu je ne sais combien de bâtards ; les huguenots ne vont
jamais à la messe ; enfin, il lui conseil-
lait de se convertir, si elle ne voulait
aller en enfer : car le purgatoire n'était
pas fait pour des gens comme elle. La
Poitevine se mit aussitôt sur l'Écriture, et
demanda un passage où il fût parlé de
purgatoire ; pendant cela, le notaire chantait toujours ; M. Jannart et moi, nous
nous endormîmes. L'après - dînée, de
crainte que M. de Châteauneuf ne nous
remît sur la controverse, je demandai
à notre comtesse inconnue s'il y avait de
belle personnes à Poitiers. Elles nous
en nomma quelques-unes, entre autres

une fille appelée Barigny, de condition médiocre, car son père n'était que tailleur ; mais au reste on ne pouvait dire assez de choses de la beauté de cette personne. C'était une claire-brune, de belle taille, la gorge admirable, de l'embonpoint ce qu'il en fallait, tous les traits du visage bien faits, les yeux beaux ; si bien qu'à tout prendre, il y avait peu de chose à souhaiter ; car rien, c'est trop dire. Enfin, non-seulement les astres de la province, mais ceux de la cour lui devaient céder, jusque-là que, dans un bal où était le roi, dès que la Barigny fut entrée, elle effaça ce qu'il y avait de brillant ; les plus grands soleils ne parurent auprès que de simples étoiles. Outre cela, elle savait les romans, et ne manquait pas d'esprit. Quant à sa conduite, on la tenait dans Poitiers pour honnête fille, tant qu'un mariage de conscience se peut étendre. Autrefois un gentilhomme appelé Miravaux en avait été passionné-

ment amoureux; il voulait l'épouser à
toute force. Les parens du gentilhomme
s'y opposèrent; ils n'y eussent pourtant
rien gagné, si Clotho ne se fût mise de
la partie; l'amant mourut à l'armée, où
il commandait un régiment. Les dernières
actions de sa vie et ses derniers soupirs
ne furent que penser pour sa maîtresse. Il
lui laissa douze mille écus par son testa-
ment, outre quantité de meubles et de nip-
pes de conséquence qu'il lui avait donnés
dès auparavant. A la nouvelle de cette
mort, mademoiselle Barigny dit les choses
du monde les plus pitoyables, protesta
qu'elle se laisserait mourir tôt ou tard,
et en attendant recueillit le legs que son
amant lui avait fait. Procès pour cela au
présidial de Poitiers, appel à la cour:
mais qui ne préférerait une belle à des
héritiers? Les juges firent ce que j'aurais
fait. Le cœur de la dame fut contesté
avec plus de chaleur encore. Ce fut un
nommé Cartignon qui en hérita. Ce der-

nier amant s'est trouvé plus heureux que
l'autre : la belle eut soin qu'il ne mourût
point sans être payé de ses peines. Il y a,
dit-on, sacrement entre eux, mais la
chose est tenue secrète. Que dites-vous
de ces mariages de conscience ? Ceux qui
en ont amené l'usage n'étaient pas niais ;
on est fille et femme tout à la fois ; le
mari se comporte en galant : tant que
l'affaire demeure en cet état, il n'y a pas
lieu de s'y opposer. Les parens ne font
point les diables, toute chose vient en
son temps, et s'il arrive qu'on se lasse
les uns des autres, il ne faut aller ni au
juge ni à l'évêque. Voilà l'histoire de la Barigny. Ces aventures nous divertirent de
telle sorte, que nous entrâmes dans Orléans sans nous en être presque aperçus ;
il semblait même que le soleil se fût
amusé à les entendre aussi-bien que nous ;
car, quoique nous eussions fait vingt
lieues, il n'était pas encore au bout de sa
traite. Bien davantage, soit que la Barigny

fût cette soirée à la promenade, soit qu'il dût se coucher au sein de quelque rivière charmante comme la Loire, il s'était tellement paré, que M. Châteauneuf et moi nous l'allâmes regarder de dessus le pont. Par même moyen je vis la pucelle, mais, ma foi, ce fut sans plaisir: je ne lui trouvai ni l'air, ni la taille, ni le visage d'une amazone. L'infante Gradafillée en vaut dix comme elle; et si ce n'était que M. Chapelain est son chroniqueur, je ne sais si j'en ferais mention. Je la regardai pour l'amour de lui plus longtemps que je n'aurais fait. Elle est à genoux devant une croix, et le roi Charles en même posture vis-à-vis d'elle; le tout fort chétif et de petite apparence. C'est un monument qui se sent de la pauvreté de son siècle. Le pont d'Orléans ne me parut pas non plus d'une largeur ni d'une majesté proportionnée à la noblesse de son emploi et à la place qu'il occupe dans l'univers.

Monument de la Pucelle à Orléans.

Ce n'est pas petite gloire
Que d'être pont sur la Loire.
On voit à ses pieds rouler
La plus belle des rivières
Que de ses vastes carrières
Phébus regarde couler.

Elle est près de trois fois aussi large à Orléans que la Seine l'est à Paris. L'horizon, très-beau de tous les côtés, est borné comme il le doit être; si bien que, cette rivière étant basse à proportion, ses eaux sont claires, son cours sans repli; on dirait que c'est un canal. De chaque côté du pont on voit continuellement des barques qui vont à voiles : les unes montent, les autres descendent; et comme le bord n'est pas si grand qu'à Paris, rien n'empêche qu'on ne les distingue toutes : on les compte, on remarque en quelle distance elles sont les unes des autres; c'est ce qui fait une de ses beautés. En effet, ce serait dommage qu'une eau si pure fût entièrement couverte par des

bateaux. Les voiles de ceux-ci sont fort
amples ; cela leur donne une majesté de
navire, et je m'imaginai voir le port de
Constantinople en petit ; d'ailleurs Orléans, à le regarder de la Sologne, est
d'un bel aspect. Comme la ville va en
montant, on la découvre quasi tout entière. Le mail, et les autres arbres qu'on
a plantés en beaucoup d'endroits le long
du rempart, font qu'elle paraît à demi-
fermée de murailles vertes, et à mon
avis cela lui sied bien. De la particulari-
ser en dedans, je vous ennuierais ; c'en
est déjà trop pour vous de cette matière.
Vous saurez pourtant que le quartier par
où nous descendîmes au pont est fort
laid ; le reste assez beau : des rues spa-
cieuses, nettes, agréables, et qui sentent
leur bonne ville. Je n'eus pas assez de
temps pour voir le rempart, mais je
m'en suis laissé dire beaucoup de bien,
ainsi que de l'église Sainte-Croix. Enfin
notre compagnie, qui s'était dispersée de

tous les côtés, revint satisfaite. L'un parla d'une chose, l'autre d'une autre. L'heure du souper venue, chevaliers et dames se furent seoir à leurs tables assez mal servies, puis se mirent au lit incontinent, comme on peut penser ; et sur ce le chroniqueur fait fin au présent chapitre.

A Amboise, ce 50 août 1663.

SUITE

DU MÊME VOYAGE.

———

Autant que la Beausse m'avait semblé ennuyeuse, autant le pays qui est depuis Orléans jusqu'à Amboise me parut agréable et divertissant. Nous eûmes au commencement la Sologne, province beaucoup moins fertile que le Vendomois, lequel est de l'autre côté de la rivière : aussi a-t-on un niais du pays pour très-peu de chose, car ceux-là ne sont pas fous comme ceux de Champagne ou de Picardie. Je crois que les niaises coûtent davantage. Le premier lieu où nous arrêtâmes, ce fut Cléry. J'allai aussitôt visiter l'église : c'est une collégiale

assez bien rentée pour un bourg, non
que les chanoines en demeurent d'accord, ou que je le leur aie ouï dire. Louis xi
y est enterré : on le voit à genoux sur son
tombeau, quatre enfans aux coins : ce
seraient quatre anges, et ce pourraient
être quatre amours, si on ne leur avait
point arraché les ailes. Le bon apô-
tre de roi fait là le saint homme, et est
bien mieux pris que quand le Bourgui-
gnon le mena à Liége.

> Je lui trouvai la mine d'un matois ;
> Aussi l'était ce prince, dont la vie
> Doit rarement servir d'exemple aux rois :
> Et pourrait être en quelques points suivie.

A ses genoux sont ses heures et son
chapelet, et autres menus ustensiles, sa
main de justice, son sceptre, son chapeau et sa Notre-Dame ; je ne sais comment le statuaire n'y a point mis le pré-
vôt Tristan ; le tout est en marbre blanc,
et m'a semblé d'assez bonne main. Au

sortir de cette église, je pris une autre
hôtellerie pour la nôtre ; il s'en fallut peu
que je n'y commandasse à dîner ; et m'é-
tant allé promener dans le jardin , je
m'attachai tellement à la lecture de Tite-
Live, qu'il se passa plus d'une bonne
heure sans que je fisse réflexion sur mon
appétit. Un valet de ce logis m'ayant averti
de cette méprise, je courus au lieu où
nous étions descendus, et j'arrivai assez
à temps pour compter. De Cléry à Saint-
Dié, qui est le gîte ordinaire, il n'y a
que quatre lieues, chemin agréable et
bordé de haies, ce qui me fit faire une
partie de la traite à pied. Il ne m'y ar-
riva aucune aventure digne d'être écrite,
sinon que je rencontrai, ce me semble,
deux ou trois gueux et quelques pèlerins
de Saint - Jacques. Comme Saint - Dié
n'est qu'un bourg, et que les hôtelleries
y sont mal meublées, notre comtesse
n'étant pas satisfaite de sa chambre, M.
Châteauneuf voulant toujours que votre

oncle fût le mieux logé, nous pensâmes tomber dans le différend de Potrot et de la dame de Nouaillé. Les gens de Potrot et ceux de la dame de Nouaillé ayant mis, pendant la foire de Niort, les hardes de leur maître et de leur maîtresse en même hôtellerie et sur même lit, cela fit contestation. Potrot dit : Je coucherai dans ce lit-là. Je ne dis pas que vous n'y couchiez, répartit la dame de Nouaillé, mais j'y coucherai aussi. Par point d'honneur, et pour ne pas se céder, ils y couchèrent tous deux. La chose se passa d'une autre manière. La comtesse se plaignit fort le lendemain des puces. Je ne sais si ce fut cela qui éveilla le cocher : je veux dire les puces du cocher, et non celles de la comtesse : tant y a qu'il nous fit partir de si grand matin, qu'il n'était quasi que huit heures quand nous nous trouvâmes vis-à-vis de Blois, rien que la Loire entre deux. Blois est en pente comme Orléans, mais plus pe-

3.   6

tit et plus ramassé ; les toits des maisons
y sont disposés, en beaucoup d'endroits,
de telle manière, qu'ils ressemblent aux
degrés d'un amphithéâtre. Cela me parut
très-beau, et je crois que difficilement
on pourrait trouver un aspect plus riant
et plus agréable. Le château est à un
bout de la ville, à l'autre bout Sainte-Solenne : cette église paraît fort grande, et
n'est cachée d'aucune maison ; enfin, elle
répond tout-à-fait bien au logis du prince.
Chacun de ces bâtimens est situé sur une
éminence, dont la pente se vient joindre
vers le milieu de la ville ; de sorte qu'il
s'en faut peu que Blois ne fasse un crois-
sant, dont Sainte-Solenne et le château
font les cornes. Je ne me suis pas in-
formé des mœurs anciennes. Quant à
présent, la façon de vivre y est fort polie,
soit que cela ait été ainsi de tout temps,
et que le climat et la beauté du pays y
contribuent ; soit que le séjour de Monsieur ait amené cette politesse, ou le

nombre de jolies femmes. Je m'en fis
nommer quelques-unes à mon ordinaire.
On me voulut, outre cela, montrer des
bossus, chose assez commune dans
Blois, à ce qu'on me dit; encore plus
commune dans Orléans. Je crus que le
ciel, ami de ces peuples, leur envoyait
de l'esprit par cette voie-là, car on dit
que bossu n'en manqua jamais; et cependant il y a de vieilles traditions qui
en donnent une autre raison : la voici
telle qu'on me l'a apprise. Elle regarde
aussi la constitution de la Beausse et du
Limosin.

La Beausse avait jadis des monts en abondance,
  Comme le reste de la France :
  De quoi la ville d'Orléans
Pleine de gens heureux, délicats, fainéans,
  Qui voulaient marcher à leur aise,
  Se plaignit, et fit la mauvaise;
  Et messieurs les Orléanois
  Dirent au Sort tout d'une voix,
  Une fois, deux fois et trois fois,

Qu'il eût à leur ôter la peine
De monter, de descendre et remonter encor.
Quoi! toujours monts et jamais plaine!
Faites-nous avoir triple haleine,
Jambes de fer, naturel fort,
Ou nous donnez une campagne
Qui n'ait plus ni mont ni montagne.
Oh, oh! leur répartit le Sort,
Vous faites les mutins, et dans toutes les Gaules
Je ne vois que vous seuls qui des monts vous
     plaigniez.
Puisqu'ils nuisent à vos pieds,
Vous les aurez sur vos épaules.
Lors la Beausse de s'aplanir,
De s'égaler, de devenir
Un terroir uni comme glace,
Et bossus de naître en la place,
Et monts de déloger des champs.
Tout ne put tenir sur les gens;
Si bien que la troupe céleste,
Ne sachant que faire du reste,
S'en allait les placer dans le terroir voisin,
Lorsque Jupiter dit : Épargnons la Touraine
Et le Blaisois, car ce domaine
Doit être un jour à mon cousin (1),
Mettons les dans le Limosin.

(1) M. le duc d'Orléans.

Ceux de Blois, comme voisins et bons amis de ceux d'Orléans, les ont soulagés d'une partie de leurs charges. Les uns et les autres doivent encore une génération de bossus, et puis c'en est fait. Vous aurez pour cette tradition telle croyance qu'il vous plaira ; ce que je vous assure être fort vrai, est que M. Châteauneuf et moi nous déjeunâmes très-bien, et allâmes voir ensuite le logis du prince. Il a été bâti à plusieurs reprises, une partie sous François Ier, l'autre sous quelqu'un de ses devanciers : il y a en face un corps de logis à la moderne, que feu Monsieur a fait commencer : toutes ces trois pièces ne font, dieu merci, nulle symétrie, et n'ont rapport ni convenance l'une avec l'autre ; l'architecte a évité cela autan t qu'il a pu. Ce qu'a fait faire François Ier, à le regarder du dehors, me contenta plus que tout le reste ; il y a force petites galeries, petites fenêtres, petits balcons, petits ornemens sans régularité

et sans ordre ; cela fait quelque chose de
grand qui plaît assez. Nous n'eûmes pas
le loisir de voir le dedans ; je n'en regret-
tai que la chambre où Monsieur est mort,
car je la considérais comme une relique ;
en effet, il n'y a personne qui ne doive
avoir une extrême vénération pour la
mémoire de ce prince. Les peuples de
ces contrées le pleurent encore avec raison ; jamais règne ne fut plus doux, plus
tranquille ni plus heureux que l'a été le
sien ; et en vérité de semblables princes
devraient naître un peu plus souvent,
ou ne point mourir. J'eusse aussi fort
souhaité de voir son jardin de plantes,
lequel on tenait, pendant sa vie, pour
le plus parfait qui fût au monde : il ne
plut pas à notre cocher, qui ne se soucia
que de déjeuner largement, puis nous
fit partir. Tant que la journée dura nous
eûmes beau temps, beau chemin, beau
pays ; surtout la levée ne nous quitta
point, où nous ne quittâmes point la le-

vée, l'un vaut l'autre. C'est une chaussée
qui suit les bords de la Loire, et retient
cette rivière dans son lit; ouvrage qui a
coûté bien du temps à faire, et qui en
coûte encore beaucoup à entretenir.
Quant au pays, je ne vous en saurais
dire assez de merveilles. Point de ces montagnes pelées qui choquent tant notre
cher M. de Maucroix; mais de part et d'autre, coteaux le plus agréablement vêtus
qui soient dans le monde. Vous m'en en-
tendrez parler plus d'une fois; mais en
attendant,

Que dirons-nous que fut la Loire
Avant que d'être ce qu'elle est?
Car vous savez qu'en son histoire
Notre bon Ovide s'en tait.
Fut-ce quelque aimable personne,
Quelque reine, quelque amazone,
Quelque nymphe au cœur de rocher,
Qu'aucun amant ne sut toucher?
Ces origines sont communes,
C'est pourquoi n'allons point chercher
Les Jupiters et les Neptunes.

Ou les dieux Pans qui poursuivaient
Toutes les belles qu'ils trouvaient.
Laissons là ces métamorphoses,
Et disons ici, s'il vous plaît,
Que la Loire était ce qu'elle est
Dès le commencement des choses.

La Loire est donc une rivière
Arrosant un pays favorisé des cieux,
Douce quand il lui plaît, quand il lui plaît si fière,
Qu'à peine arrête-t-on son cours impérieux.
Elle ravagerait mille moissons fertiles,
Engloutirait des bourgs, ferait flotter des villes,
Détruirait tout en une nuit;
Il ne faudrait qu'une journée
Pour lui voir entraîner le fruit
De tout le labeur d'une année,
Si le long de ses bords n'était une levée,
Qu'on entretient soigneusement.
Dès-lors qu'un endroit se dément,
On le rétablit tout à l'heure;
La moindre brèche n'y demeure
Sans qu'on y touche incessamment.
Et pour cet entretennement,
Unique obstacle à tels ravages,
Chacun a son département,
Communautés, bourgs et villages.
Vous croyez bien qu'étant sur ses rivages,

Nos gens et moi nous ne manquâmes pas
De promener alentour notre vue.
J'y rencontrai de si charmans appas,
Que j'en ai l'âme encore tout émue.
Coteaux rians y sont des deux côtés,
Coteaux non pas si voisins de la nue
Qu'en Limosin , mais coteaux enchantés,
Belles moissons , beau parque , et bien plantés ,
Prés verdoyans , dont ce pays abonde ,
Vignes et bois , tant de diversités ,
Qu'on croit d'abord être en un autre monde.

Mais le plus bel objet , c'est la Loire sans doute :
On la voit rarement s'écarter de sa route ,
Elle a peu de replis dans son cours mesuré ,
Ce n'est pas un ruisseau qui serpente en un pré ;
C'est la fille d'Amphitrite ,
C'est elle dont le mérite ,
Le nom , la gloire et les bords
Sont dignes de ces provinces ,
Qu'entre leurs plus grands trésors
Ont toujours placé nos princes.
Elle répand son cristal
Avec magnificence.
Et ce jardin de la France
Méritait un tel canal.

Je lui veux du mal en une chose ; c'est

que, l'ayant vue, je m'imaginai qu'il n'y avait plus rien à voir ; il ne me resta ni curiosité ni désir. Richelieu m'a bien fait changer de sentiment. C'est un admirable objet que ce Richelieu ; j'en ai daté ma troisième lettre, parce que je l'y achevée. Voyez l'obligation que vous m'avez ; il ne s'en faut pas d'un quart d'heure qu'il ne soit minuit, et nous devons nous lever demain avant le soleil, bien qu'il ait promis en se couchant qu'il se leverait de fort grand matin. J'emploie cependant les heures qui me sont les plus précieuses à vous faire des relations, moi qui suis enfant du sommeil et de la paresse. Qu'on me parle après cela des maris qui se sont sacrifiés pour leurs femmes ! Je prétends les surpasser tous, et que vous ne sauriez vous acquitter envers moi, si vous ne me souhaitez d'aussi bonnes nuits que j'en aurai de mauvaises avant que notre voyage soit achevé.

A Richelieu, ce 3 septembre 1663,

SUITE

DU MÊME VOYAGE.

Nous arrivâmes à Amboise d'assez bonne heure, mais par un fort mauvais temps : je ne laissai pas d'employer le reste du jour à voir le château. De vous en faire le plan, c'est à quoi je ne m'amuserai point, et pour cause. Vous saurez sans plus que devers la ville il est situé sur un roc, et paraît extrêmement haut. Vers la campagne, le terrain d'alentour est plus élevé. Dans l'enceinte, il y a trois ou quatre choses fort remarquables; la première est ce bois de cerf dont on parle tant, et dont on ne parle pas assez, selon mon avis; car, soit qu'on le veuille faire passer pour naturel ou pour artificiel, j'y trouve un sujet d'étonnement presque égal. Ceux qui le trouvent artificiel tombent d'accord que c'est bois de cerf, mais de plusieurs pièces ; or, le moyen de les avoir jointes sans qu'il y paraisse de liaisons! De dire aussi qu'il soit naturel, et que l'univers ait jamais produit un animal assez grand pour le porter, cela n'est guère croyable.

> Il en sera toujours douté ,
> Quand bien ce cerf aurait été
> Plus ancien qu'un patriarche.
> Tel animal, en vérité ,
> N'eût jamais su tenir dans l'arche.

Ce que je remarquai encore de singulier, ce furent deux tours bâties en terre comme des puits : on a fait dedans des escaliers en forme de rampes, par où l'on descend jusqu'au pied du château, si bien qu'elles touchent, ainsi que les chênes dont parle Virgile,

> D'un bout au ciel , d'autre bout aux enfers.

Je les trouvai bien bâties, et leur struc-
ture me plut autant que le reste du
château nous parut indigne de nous y
arrêter. Il a toutefois été un temps qu'on
le faisait servir de berceau à nos jeunes rois,
et véritablement c'était un berceau d'une
matière assez solide, et qui n'était pas
pour se renverser si facilement. Ce qu'il
y a de beau, c'est la vue ; elle est grande,
majestueuse, d'une étendue immense ;
l'œil ne trouve rien qui l'arrête ; point
d'objets qui ne l'occupent le plus agréablement du monde. On s'imagine découvrir Tours, bien qu'il soit à quinze
ou vingt lieues : du reste, on a en aspect
la côte la plus riante et la mieux diver-
sifiée que j'aie encore vue, et au pied
une prairie qu'arrose la Loire, car cette
rivière passe à Amboise. De tout cela
le pauvre M. Fouquet ne put jamais,
pendant son séjour, jouir un petit moment ; on avait bouché toutes les fenêtres de sa chambre, et on n'y avait laissé

3.   7

qu'un trou par le haut. Je demandai de la voir; triste plaisir, je vous le confesse, mais enfin je le demandai. Le soldat qui nous conduisait n'avait pas la clef; au défaut, je fus long-temps à considérer la porte, et me fis conter la manière dont le prisonnier était gardé. Je vous en ferais volontiers la description, mais ce souvenir est trop affligeant.

> Qu'est-il besoin que je retrace
> Une garde au soin non pareil,
> Chambre murée, étroite place,
> Quelque peu d'air pour toute grâce;
>   Jours sans soleil,
>   Nuits sans sommeil,
> Trois portes en six pieds d'espace?
> Vous peindre un tel appartement,
> Ce serait attirer vos larmes;
> Je l'ai fait insensiblement,
> Cette plainte a pour moi des charmes.

Sans la nuit, on n'eût jamais pu m'arracher de cet endroit: il fallut enfin retourner à l'hôtellerie, et le lendemain nous nous écartâmes de la Loire, et la laissâmes à la droite : j'en suis très-fâché, non pas que les rivières nous aient manqué dans notre voyage.

Depuis ce lieu jusques au Limosin,
Nous en avons passé quatre en chemin,
De fort bon compte, au moins qu'il m'en souvienne:
L'Indre, le Cher, et la Creuse et la Vienne;
Ce ne sont pas simples ruisseaux,
Non, non, la carte nous les nomme;
Ceux qui sont péris sous leurs eaux
Ne l'ont pas été dire à Rome.

La première que nous rencontrâmes, ce fut l'Indre. Après l'avoir passée, nous trouvâmes au bord trois hommes d'assez bonne mine, mais mal vêtus et fort délabrés. L'un de ces héros *gusmanesques* avait fait une tresse de ses cheveux, laquelle lui pendait par-derrière comme une queue de cheval. Non loin de là, nous aperçûmes quelques Philis, je veux dire Philis d'Égypte, qui venaient vers nous dan-

sant, folâtrant, montrant leurs épaules,
et traînant après elles des *douegnas* détestables à proportion, et qui nous re-
gardaient avec autant de mépris que si
elles eussent été belles et jeunes. Je fré-
mis d'horreur à ce spectacle, et j'en ai
été plus de deux jours sans pouvoir manger. Deux femmes fort blanches mar-
chaient ensuite : elles avaient le teint
délicat, la taille bien faite, de la beauté
médiocrement, et n'étaient anges, à bien
parler, qu'en tant que les autres étaient
de véritables démons. Nous saluâmes ces
deux avec beaucoup de respect, tant à
cause d'elles que de leurs jupes, qui véritablement étaient plus riches que ne
semblait le promettre un tel équipage.
Le reste de l'habit consistait en une cape
d'étoffe blanche, et sur la tête un petit
chapeau à l'anglaise, de taffetas de couleur avec un galon d'argent. Elles ne nous
rendirent notre salut qu'en faisant une
légère inclination de la tête, marchant

toujours avec une gravité de déesses, et ne daignant presque jeter les yeux sur nous, comme simples mortels que nous étions. D'autres *douegnas* les suivaient, non moins laides que les précédentes ; et la caravane était fermée par un cordelier. Le bagage marchait en queue, partie sur chariots, partie sur bêtes de somme, puis quatre carrosses vides et quelques valets alentour,

Non sans écureuils et turquets,
Ni je pense sans perroquets.

Le tout était escorté par M. de La Fourcade, garde-du-corps. Je vous laisse à deviner quels gens c'étaient. Comme ils suivaient notre route, et qu'ils débarquèrent à la même hôtellerie où notre cocher nous avait fait descendre, le scrupule nous prit à tous de coucher en mêmes lits qu'eux, et de boire en mêmes verres. Il n'y en avait point qui s'en tourmen-

tât plus que la comtesse. Nous allâmes
le jour suivant coucher à Montels, et
dîner le lendemain au port de Pilles, où
notre compagnie commença de se séparer. La comtesse envoya son laquais,
non chez son mari, mais chez un de
ses parens, porter les nouvelles de son
arrivée, et donner ordre qu'on lui amenât
un carrosse avec quelque escorte. Pour
moi, comme Richelieu n'était qu'à cinq
lieues, je n'avais garde de manquer de
l'aller voir ; les Allemands se détournent
bien pour cela de plusieurs journées.
M. Châteauneuf, qui connaissait le pays,
s'offrit de m'accompagner ; je le pris au
mot : et ainsi votre oncle demeura seul,
et alla coucher à Châtelleraud, où nous
promîmes de nous rendre le lendemain
de grand matin. Le port de Pilles est un
lieu passant, et où l'on trouve toutes
sortes de commodités, mêmes incommodes : il s'y rencontre de méchans chevaux,

Encore mal ferrés, et plus mal embouchés,
    Et très-mal enharnachés.

Mais quoi! nous n'avions pas à choisir; tels qu'ils étaient, je les fis mettre
en état ,

    Laisse le pire, et sur le meilleur monte.

Pour plus d'assurance , nous prîmes
un guide, qu'il nous fallut mener en
trousse l'un après l'autre, afin de gagner
du temps. Avec cela nous n'en eûmes
que ce qu'il fallut pour voir les choses
les plus remarquables. J'avais promis de
sacrifier aux vents du midi une brebis
noire; aux zéphyrs une brebis blanche,
et à Jupiter le plus gros bœuf que je
pourrais rencontrer dans le Limosin; ils
nous furent tous favorables. Je crois
toutefois qu'il suffira que je les paie en
chansons, car les bœufs du Limosin sont
trop chers, et il y en a qui se vendent
cent écus dans le pays. Étant arrivés à

Richelieu, nous commençâmes par le château, dont je ne vous enverrai pourtant pas la description.

Ce que je vous puis dire en gros de la ville, c'est qu'elle aura bientôt la gloire d'être le plus beau village de l'univers. Elle est désertée petit à petit, à cause de l'infertilité du terroir, ou pour être à quatre lieues de toute rivière et de tout passage. En cela, son fondateur, qui prétendait en faire une ville de renom, a mal pris ses mesures, chose qui ne lui arrivait pas fort souvent. Je m'étonne, comme on dit qu'il pouvait tout, qu'il n'ait pas fait transporter la Loire au pied de cette nouvelle ville, ou qu'il n'y ait pas fait passer le grand chemin de Bordeaux. Au défaut, il devait choisir un autre endroit; et il en eut aussi la pensée; mais l'envie de consacrer les marques de sa naissance l'obligea de faire bâtir autour de la chambre où il était né. Il avait de ces vanités que beaucoup de gens blâmeront, et qui sont pourtant communes à tous les héros : témoin celle-là d'Alexandre-le-Grand , qui faisait laisser où il passait des mors et des brides plus grands qu'à l'ordinaire , afin que la postérité crût que lui et ses gens étaient d'autres hommes , puisqu'ils se servaient de si grands chevaux. Peut-être aussi que l'ancien parc de Richelieu, et les bois de ses avenues, qui étaient beaux, semblèrent à leur maître dignes d'un château plus somptueux que celui de son patrimoine , et ce château attira la ville, comme le principal fait l'accessoire.

Enfin elle est, à mon avis,
Mal située et bien bâtie ;
On en a fait tous les logis
D'une pareille symétrie.

Ce sont des bâtimens fort hauts ;
Leur aspect vous plairait sans faute ;
Les dedans ont quelques défauts ,
Le plus grand, c'est qu'ils manquent d'hôte.

La plupart sont inhabités,
Je ne vis personne en la rue;
Il m'en déplut, j'aime aux cités
Un peu de bruit et de cohue.

J'ai dit la rue, et j'ai bien dit,
Car elle est seule, et des plus droites;
Que Dieu lui donne le crédit
De se voir un jour des cadettes.

Vous vous souviendrez bien et beau
Qu'à chaque bout est une place
Grande, carrée et de niveau,
Ce qui sans dout ea bonne grâce.

C'est aussi tout, mais c'est assez :
De savoir si la ville est forte,
Je m'en remets à ses fossés,
Murs, parapets, remparts et portes.

Au reste, je ne vous saurais mieux dé-
peindre tous ces logis de même parure,
que par la Place-Royale : les dedans sont
beaucoup plus sombres, vous pouvez
croire, et moins ajustés. J'oubliais à vous
marquer que ce sont des gens de finance

et du conseil, secrétaires d'état et autres personnes attachées à ce cardinal, qui ont fait faire la plupart de ces bâtimens, par complaisance, et pour lui faire leur cour. Les beaux esprits auraient suivi leurs exemples, si ce n'était qu'ils ne sont pas grands édificateurs, comme dit Voiture ; car , d'ailleurs , ils étaient tous pleins de zèle et d'affection pour ce grand ministre. Voilà ce que j'avais à vous dire touchant la ville de Richelieu. Je remets la description du château à une autre fois, afin d'avoir plus souvent occasion de vous demander de vos nouvelles, et pour ménager un amusement qui vous doit faire passer votre exil avec moins d'ennui.

A Châtelleraud, ce 5 septembre 1663.

VOYAGE

PITTORESQUE ET SENTIMENTAL

DANS PLUSIEURS

PROVINCES MÉRIDIONALES

DE FRANCE.

VOYAGE

PITTORESQUE ET SENTIMENTAL.

———

Enfin j'ai profité du beau temps. Je suis
sorti de Paris ainsi que le malade sort
du lit où la fièvre et les douleurs le tenaient attaché; je n'ai pas même tourné
la tête pour lui faire mes adieux.

Entièrement occupé du charme de la
nouvelle existence que me préparait la
campagne, dans mon dépit, je comparais
la vaste enceinte de murailles, dont je
me suis éloigné à grands pas, à une mer
sans cesse agitée par tous les vents, sur
laquelle vogue une multitude presque
innombrable d'hommes de tous les pays,
de toutes les sectes, de toutes les condi-
tions, s'accrochant les uns aux autres pour

ne pas se noyer, et laissant l'être isolé, qui toujours est compté pour rien, disparaître sous la première vague qui se présente pour l'engloutir.... Mais ce n'est pas sur Paris que je veux discourir. Je vous ai promis un journal de mon voyage; je vais tenir parole. N'allez cependant pas vous plaindre de le trouver différent de ce que vous désireriez qu'il fût. Ne savez vous pas que je me suis engagé seulement à laisser aller mon esprit son train et son allure, sans prétendre le gêner dans une marche symétriquement étudiée.

Le 12 mai, à cinq heures du matin, j'étais sur la route d'Orléans. La nature ce jour-là semblait sortir de l'espèce de deuil où la durée des pluies l'avait pour ainsi dire ensevelie, et je n'eus qu'à me féliciter d'avoir pris la résolution philosophique de faire à pied un voyage d'observateur. La route était couverte de chariots pour l'approvisionnement de la capitale, et de voyageurs pédestres, qu'un si beau temps remplissait de gaîté. Les chansons des rouliers, le gazouillement des oiseaux, la fraîcheur du matin, tempérée par les premiers rayons du soleil, faisaient éprouver les sensations les plus agréables.

Tout en rêvant, le chemin se faisait, et je laisse à penser avec quelle rapidité les différentes idées que ma situation faisait naître se succédaient dans mon cerveau. Cependant la route ne fut plus aussi belle après deux heures de marche. Je me vis forcé d'aller plus lentement. Me voilà attentif à choisir les sentiers, et à demander à tous les voituriers : A combien de lieues d'Arpajon?... Bientôt mes regards se fixant sur la campagne, les différens sites qu'elle me présenta m'occupèrent uniquement. Les collines rapprochées, les nuances flatteuses de la première verdure, les champs, leur culture variée, leur contraste agréable, les nombreux châteaux qui embellissent la route, étaient autant d'objets récréatifs qui me débarrassaient doucement de l'ennui d'aller seul, et me faisaient trouver le chemin moins mauvais et plus court. Bientôt j'aperçus Montlhéry.

Montlhéry, dont les tours fameuses
Illustrèrent les vieux soudards
Qui défendirent leurs remparts
Par mille actions valeureuses.

En 1465 il s'y livra une grande bataille. On ne voit plus maintenant que les débris de ces anciennes forteresses. Ils semblent disputer aux rochers l'avantage d'être battus par les vents sans en être ébranlés. Un peu de verdure s'est glissé dans les créneaux de la tour la plus haute; mais on n'en reconnaît pas moins l'asile du hibou du Lutrin.

Sans doute que ce vieil oiseau,
Tel que nous l'a dépeint Boileau,

Vient encor, par ses cris funèbres,
Redoubler l'horreur des ténèbres ;
Et, présageant aux voyageurs
Les disgrâces et les malheurs,
Fait trembler la femme infidèle,
Le plaideur, le sujet rebelle,
Inquiète les vieux maris,
Trouble l'espoir des favoris,
Et poursuit de sa voix fatale
Ceux qui vont voir la capitale.

A vous tous, prélats, princes, héros, avocats, médecins, financiers, femmes jolies, marquises, manans, fripons et procureurs, sociétés nombreuses de dupeurs et de dupés, si quelque projet chéri doit vous occuper entièrement, si vous voulez sans interruption caresser votre chimère, gardez-vous de passer la nuit devant les tours de Montlhéry ; si vous craignez les remords, évitez les tours de Montlhéry la nuit. O combien peu de gens peuvent ouïr avec tranquillité les cris lugubres d'un hibou.

Midi sonne, je suis à Arpajon. J'entre

dans une hôtellerie : la voyant pleine de
voyageurs, je veux sortir pour ne pas at-
tendre; mais une chambrière me retient
par l'habit. Suivez-moi, me dit cette
fille prévenante; soyez certain, mon gentilhomme, que vous serez servi prompte-
ment. Effectivement ma table est bientôt
servie, et bientôt mon appétit est satis-
fait.

Me voilà de nouveau sur la route.
Je gravis une côte pierreuse, dont les
alentours ne sont rien moins que pitto-
resques. La nature est dans une sombre
monotonie : les oiseaux ne chantent plus,
les voyageurs ne paraissent que rarement,
le chemin devient long et pénible. La fatigue me gagne; une douleur aiguë s'em-
pare de mes pieds ; je m'assieds pour
défaire mes souliers et me reposer un
instant.

A peine ai-je réfléchi sur ma situation,
que les ris immodérés de quatre jeunes
voyageurs donnent le change à mes pen-

sées. Leur air joyeux me surprend, leur légèreté m'étonne. Quoi! me dis-je à moi-même, ces jeunes voyageurs peuvent marcher avec cette liberté! et moi, qui suis accoutumé aux voyages, l'exercice le plus modéré me fatigue, et je ne puis continuer ma route! Je me lève avec dépit, ma faiblesse me fait honte; et bientôt, méprisant la douleur, j'égale en vitesse les quatre compagnons. Je ne doutais pas de pouvoir les suivre; mais le pavé, que j'ai été obligé de prendre à l'entrée d'Étampes, a fait choir mes belles espérances. La fatigue et les douleurs ont repris leur empire. Cependant je n'en remarque pas moins l'agréable situation de la ville, bâtie sur les deux côtés de la route royale, qu'elle borde pendant l'espace d'une demi-lieue. On dit que les habitans d'Étampes sont gais, et comptent parmi eux de joyeux chanoines qui font tous les jours bonne chère, et fauchent tous les ans les prés de la jument de Gar-

gantuâ. Mais passons sur ces observations.
La crampe me tient; heureux si je puis
me rendre au premier bouchon! car mes
jambes ne me permettront pas de choisir
une auberge.

On me sert un poulet; j'en mange la
moitié, et me jette tristement sur un lit,
pensant au bonheur des favoris de la fortune ,

Qui, dans un char doré voyageant lestement,
Laissent à leur cocher le soin de les conduire;
Et, selon leur désir, chantant, lisant, dormant,
Arrivent à souhait au but qui les attire.

Le sommeil vient : adieu soucis, grandeurs, peines, plaisirs.

La fatigue d'hier m'avait si bien disposé
au repos, que j'en aurais joui ce matin
bien mieux qu'à l'ordinaire, si je n'eusse
été forcé de m'éveiller aux cris terribles
de deux charretiers qui faisaient retentir
les environs du son bruyant de leur voix
de taureau.

Les voituriers sont déjà loin ; et moi ,
toujours accoudé sur ma fenêtre , je ré-
fléchissais, à l'enchaînement des choses
humaines, quand je vis un jeune piéton
boutonner ses guêtres. Point de bas dans
ses souliers , point de boucles aux jarretières de ses culottes. O homme ! que tu
sais peu ce que tu fais quand la raison
ne développe point ton industrie , ou
quand ta mémoire te devient inutile !

A vous tous, jeunes amis de la simple
nature ,

Qui voulez à loisir promener vos regards
Sur le vert des coteaux , sur le vert des prairies,
Et, méprisant l'orgueil qui s'assied dans les chars,
Faites aller à pied vos douces rêveries,

ayez soin de mettre votre pied nu dans le
soulier, et de ne pas gêner par une jarre-
tière le muscle fléchisseur du genou. Une
fois débarrassés de ces entraves, jouissez
de vous-mêmes, respirez l'air avec volupté ; que tout ce qui vous entoure porte la

joie et le plaisir dans votre cœur, amant des goûts simples et naturels.

Ne pouvant faire mieux, j'ai taillé mes bas en forme de guêtres; mes jarretières sont défaites. Je marche sans me rappeler les fatigues de la veille; et si quelques douleurs se font encore sentir, l'espoir de les faire disparaître en marchant les rend moins incommodes. Déjà je suis arrivé au haut de la colline; l'air est frais, mais tel qu'il le faut pour voyager pédestrement. Une voiture bourgeoise à relais me dépasse; un enfant gratte à la portière, et tâche d'enfoncer la glace qui gêne sa volonté, tandis qu'au fond de la berline un gros jouflu, à mine rubiconde, ronfle et dort de son mieux sur des carreaux entassés. Les coursiers, dociles à la main du cocher, contraignent leur ardeur; quelquefois seulement ils trépignent, lancent leur tête superbe dans les airs, et blanchissent de l'écume d'une ardeur impatiente le frein qui les gouverne. Quatre beaux chevaux normands, à la queue les uns des autres , guidés par un vieux écuyer, qui, dormant à moitié, siffle sur le premier, attendent tristement derrière la voiture l'heureux instant où ils traîneront à leur tour le précieux maître dont le sommeil a clos les paupières. Ainsi donc, pour un seul homme qui souvent prise moins ce titre que celui de M. le baron, ennuyé de tout, qui ne s'éloigne d'un pays que pour aller dormir dans un autre, les hommes, les animaux, doivent employer leurs soins, leur force et leur intelligence, pour lui procurer une heure de sommeil de plus. Eh! que ne dormait-il dans son lit, ce M. le baron, pour partir une heure plus tard? Mais il veut faire respecter ses imperfections, et laisser dans le cœur du pauvre l'opinion de son importance et le souvenir affligeant de sa fastueuse paresse.

Les coteaux ne forment plus des vues de lointain. La plaine paraît et s'étend de

3.

toutes parts ; mon œil ne peut en mesurer l'étendue. Des bouquets d'arbres, des maisons jetées çà et là, des villages de proche en proche me présentent un nouvel aspect. J'entre dans un bourg très-joli. Mon appétit y est si bien éveillé, qu'il faut le contenter. J'aperçois une croix blanche : signe favorable aux voyageurs, je t'aurai bientôt joint.

Ce vin blanc est excellent, ce fromage délicieux. Divin appétit ! toi seul prépares les bons mets ! toi seul tiens le corps en santé ! La nourriture la plus simple est pour toi d'un goût exquis. Riches du monde ! la fortune a tout fait pour vous ; et la bonne nature, en dédommagement, nous a donné des plaisirs vrais. Votre chute seule vous en ferait jouir, si le bandeau de l'illusion, en cessant de couvrir vos yeux, vous laissait voir les objet tels qu'ils sont.

J'ai bien marché ; je dîne à quatre lieues d'Orléans, où je coucherai ce soir.

Mes rêveries ont abrégé la route. Je distingue déjà dans le lointain les tours de la cathédrale. Quelle rue que celle du faubourg de Paris ! quelle longueur ! quel spectacle nouveau pour moi ! Je vois les artisans se promener gaîment, les commères caqueter sur le pas de leur porte. Que cette familiarité populaire me semble préférable au tintamarre des voitures, à la rapidité des chars conduits par nos modernes Phaétons ! La sécurité des Orléanais contraste parfaitement avec la crainte raisonnée des habitans de la capitale.

Le Lion-d'Argent est une bonne auberge : le lit surtout, dont j'avais grand besoin, m'a paru le meilleur du monde. On m'a fait venir un batelier, avec lequel je dois descendre la Loire. A midi je voguerai sur cette grande rivière, je verrai la superbe levée que Louis xiv appelait une rue de quarante lieues. Ce grand roi ne se trompait pas dans cette dénomination. En effet, la digue énorme qui oppose une barrière insurmontable au caprice des flots rapides de la Loire est couverte, dans toute sa longueur, d'une si grande quantité de villages et de maisons, qu'elle n'est effectivement qu'une rue, mais telle, à coup sûr, que celles de la Chine, tant vantées, ne sont que des ruelles, en lui servant d'objet de comparaison.

J'entre dans le batelet. Un Anglais, deux officiers gascons, deux soldats, un moine bénédictin, un garçon limonadier et votre serviteur, forment l'embarquement complet. Chacun a conté son histoire. L'Anglais essaie un voyage philosophique, les militaires vont rejoindre leurs corps, le garçon limonadier va tâcher de faire fortune à Bordeaux; il ne nous reste plus qu'à entendre le moine. Il se dresse et se mouche; sans doute il va parler. Pour égayer ce qui va suivre, ma muse va se mettre en frais.

L'enfant de saint Benoît,
L'œil baissé, le corps droit,

Demande à l'assistance
Un moment d'audience ;
Puis, d'un ton imposant,
Il va nous instruisant
Du nom des abbayes
Et de leurs œuvres pies.
Prêchant, gesticulant,
Il montre le talent
Dans l'ordre héréditaire,
Et nous prouve l'affaire
En comptant par ses doigts
Le nombre trois fois trois
De moines dont l'histoire
Honore la mémoire.
L'Anglais, juré moqueur,
Demande au chroniqueur
S'il a dans son bréviaire
La liste séculaire
Des moines fainéans.
Les yeux étincelans,
Le gros célibataire
Répond avec colère :
Peuples de réprouvés,
Par Satan avoués,
Lâches bourreaux de Jeanne,
Que l'Éternel vous damne !

Cette vive et furieuse apostrophe, tout

inattendue qu'elle était, n'a pas décon-
certé l'habitant d'Albion ; seulement il a
pris un ton propre à lui rendre l'avantage qu'il venait de perdre à l'instant.
Cependant ayons recours à notre muse ;
c'est elle qui doit nous apprendre toutes
les particularités de cet événement illustre.

> L'Anglais, foudroyé par ces mots
> Dépouillés de style à pathos,
> Dit, en s'inclinant vers le père,
> Qui le menaçait du bréviaire :
> O descendant du bon Lourdis !
> Qui pour vous prie en paradis,
> Je reconnais que l'Angleterre
> A mérité votre colère,
> Et que par une indigne mort
> Votre Jeanne a fini son sort ;
> Que même, eût-elle été sorcière,
> Cette infatigable guerrière
> Devait exercer nos talens,
> Et méritait des vers galans :
> Mais Talbot et sa noble élite
> Connaissaient peu tout le mérite
> Du beau joyau qu'elle portait,

Et qui votre France sauvait.
Ah ! si jamais, révérend père,
(Ce que ne nous permet de faire
Ce temps, où le roi très-chrétien
Votre pays régit si bien)
Nos escadrons foulent vos terres,
Nous vous respecterons, beaux pères !
Vos vins seront en sûreté ;
Nous distinguerons la beauté.
Même si dans vos apanages
Croyons trouver beaux pucelages
Que le hasard vous ait cachés,
Ces biens par nous seront cherchés,
Seront forcés tous les obstacles,
Et si rencontrons ces miracles,
Vous n'aurez plus à vous fâcher
Qu'ils aient les honneurs du bûcher.

Les militaires, à ce discours, quelque
envie qu'ils eussent de soutenir la cause
de l'ancienne héroïne, n'ont pas pu s'empêcher de rire, et l'Anglais est devenu
leur ami. Le moine cependant a tonné de
toutes ses forces; mais enfin, voyant que
ses imprécations étaient lancées en pure
perte, il nous a tous méprisés du meilleur

de son âme ; et, si les soldats ont eu un petit altercas avec sa révérence, ce n'était sûrement pas sa faute, je puis l'attester en vérité. Il ne me sera pas même difficile de convenir que, dans l'ordre respectable auquel il appartient, et qui, par des ouvrages et des fondations utiles, se rend de plus en plus intéressant, les sujets de cette force sont rares.

Nous couchons à Blois. On prétend que ses habitans ont beaucoup d'esprit et de politesse. C'est dans un des appartemens du château de cette ville que périt l'un des Guises.

Nous voguons de nouveau ; il est quatre heures. Le temps se prépare on ne peut mieux pour une belle journée ; un vent gai nous tient éveillés. Les officiers et l'Anglais parlent guerre, les soldats écoutent, le garçon limonadier siffle, le moine dort par intervalles, et votre ami se tient prêt à jouir des premiers rayons du soleil.

Le point du jour commence; la lune devient plus pâle. Déjà l'aurore peint la cime des montagnes de sa couleur purpurine. A mesure que l'astre s'avance, elle devient plus vive et plus brillante. Des flots de lumière s'élancent dans l'atmosphère; les eaux du fleuve réfléchissent leur éclat; l'orient est enflammé... L'astre a paru lui-même! Mes faibles yeux ne peuvent le fixer; tant de pompe m'étonne, et me commande le respect et l'admiration.

La chaleur vivifiante communique à toutes les parties de mon corps un frémissement voluptueux qui fait changer d'objet à ma pensée. Adieu, majestueux foyer de la lumière! Après avoir assisté à ton lever, permets-moi d'assister à celui de tout ce qui m'entoure. Tous les hommes que j'aperçois bâillent en étendant les bras. Une sensation imprévue dispose le physique à bien servir le moral. Ainsi l'oiseau que l'instinct guide bat des ailes en sortant de son nid, gratte sa tête mignonne, et va bientôt remplir les airs de la mélodie de ses chants.

Nous avons le vent si favorable, et le pays que nous voyons des deux côtés de la rivière a un aspect si séduisant, qu'à peine puis-je contempler les beaux endroits que je laisse, crainte de perdre de vue ceux qu'un lointain attrayant va bientôt me présenter. Jamais, par un temps aussi beau, je n'avais voyagé dans un aussi charmant pays.

A trois lieues de Tours, du côté de la levée, une chaîne de montagnes commence à se former. L'intelligent agriculteur y a planté le fruit de Noé. Mais que signifie cette multitude de cheminées élevées sur la pente du rocher? Sans doute des pâtres industrieux ont creusé leur demeure dans ces masses de pierre. Des pâtres! dit avec un sourir moqueur le batelier qui m'écoute; des pâtres! — Hé bien, patron, mon ami, apprenez-moi ce que c'est. —

Autrefois des roches, des cavernes qu'on allait voir par curiosité, maintenant de jolies maisons.—De jolies maisons, patron?—Oui-dà! et il y a là-dedans des maîtres qui peuvent donner quatre lits à leurs amis. — Trouverons-nous encore long-temps de ces sortes d'habitations?—Tout le long de la levée.—Grand merci, patron; bien obligé, mon ami.

Nous sommes en face du beau pont de Tours; vous en avez sans doute ouï parler. Je ne doute pas qu'il ne soit un des mieux construits et des plus élégans qu'il y ait en Europe. Il n'a cependant ni la grâce ni la hardiesse de notre superbe pont de Neuilly.

Nous descendons pour dîner dans la capitale de la Touraine. Sa situation est on ne peut plus agréable. Bâtie, d'un côté, sur le bord de la Loire, de l'autre elle jouit de l'aspect des campagnes les plus fertiles et les mieux cultivées. La rue Royale est entièrement construite à neuf.

Elle traverse la ville dans sa largeur ; deux trottoirs assez spacieux la bordent dans toute son étendue. On assure que le caractère des Tourangeaux est généralement doux et poli. On n'aura pas de peine à me le persuader. Un climat tempéré, un terroir fertile, un aspect séduisant, tout n'annonce-t-il pas qu'un pays aussi beau ne saurait convenir à un peuple grossier ou cruel ? Cependant M. Raynal, dans son Histoire philosophique et politique, nous en offre un exemple en parlant de la beauté du climat de Surate, et de la férocité des mœurs des habitans de ces heureuses contrées.

Nous sommes rembarqués ; le pont de Tours est déjà loin. Nous cotoyons les ilots fertiles que forme la Loire. Leur aspect séduisant possède un charme si flatteur, que le voyageur attentif attache des regards pleins de désirs sur les petits bois dont ils sont entrecoupés, sur la verdure qui les couvre, et s'éloigne en regrettant de n'avoir pu jouir, dans ces lieux enchantés, d'un de ces beaux jours de printemps qui donnent une vie si belle à toute la nature.

Comment pourrai-je vous peindre cette belle soirée, cette action de la nature entière qui précède le coucher du soleil? Qu'elle m'a causé de sensations délicieuses! combien ne me suis-je pas applaudi d'avoir donné à ce spectacle merveilleux tout le recueillement qui doit procurer une jouissance nouvelle et ravissante! L'ombre des arbres et des rochers se tourne vers l'orient; le pâtre, comme en extase, s'arrête un moment sur les bords du fleuve pour y voir le dernier reflet de l'astre majestueux qui s'éloigne. Bientôt il appelle son chien fidèle, et le charge du soin d'assembler son troupeau. La poussière vole, et les brebis dociles vont rentrer dans le bercail sous les yeux du vigilant berger. On entend de loin les derniers chants du coq. Les rochers caverneux font

3. 10

retentir au loin dans la plaine les couplets joyeux et rustiques du laboureur. Les oiselets, en gazouillant, se hâtent de becqueter les herbes du rivage, agitent, par un doux frémissement, le duvet qui les couvre, et volent à l'unisson sous le toit de feuillage qui va leur procurer un abri simple et commode. Qu'ils sont intéressans ces petits êtres sensibles! Sans doute la nature les a formés dans sa prédilection entière. Partout ils peuvent fournir à leurs besoins, partout ils peuvent être heureux; et, s'ils souffrent souvent les plus cruels tourmens, s'ils ont à redouter l'oiseleur et les infirmités, n'est-ce pas le sort commun des choses humaines que l'instabilité dans la fortune! L'être heureux n'est-il pas celui qui a pu saisir quelques instans de bonheur? Cependant le temps fuit. Déjà le soleil va nous éclairer de ses derniers rayons. Leur feu commence à rougir les eaux du fleuve; la lumière s'éloigne par degrés en per-

dant de son éclat; elle ne peint déjà plus
que la cime des arbres. De coteaux en
coteaux elle se recule, laisse une fraîcheur
agréable après elle, et bientôt ne va plus
colorer que le couchant de l'horizon. Je
te salue, âme de la nature, foyer vivifiant
par qui tout se conserve et se reproduit
sans cesse, je te salue!

Mon cœur est plein, mon être entier
est plongé dans un ravissement inexpri-
mable. Ah! sans doute tous les êtres
peuvent être sensibles aux beautés que je
viens de décrire, puisque le moine et le
soldat semblent participer à ma joie! S'ils
n'ont pas toutes les sensations qui me pé-
nètrent, du moins leur contenance et leurs
expressions annoncent le plaisir.

Un vent frais vient de se lever avec la
lune. Il nous pousse à pleine voile. Nous
filons avec une vitesse si grande, que le
patron assure que nous ferons dans une
heure les trois lieues que nous avons d'ici
à la couchée. En attendant, je m'assieds,

près du gouvernail. Mes yeux contemplent dans les eaux l'azur des cieux, le feu tremblant des étoiles, l'éclat pâlissant de la lune.

Un jour nouveau commence. L'air est froid, l'aurore moins belle que la veille : mais cela ne m'empêchera pas de continuer mon voyage. Je dînerai à Saumur, peut-être même j'y coucherai. De cette ville je prendrai une route de traverse pour me rendre en Poitou. La beauté du pays que je laisse, l'incertitude que j'ai sur celui que je vais habiter, sont autant d'objets contraires qui se présentent pour être jugés, et tour à tour emportent l'avantage les uns sur les autres. Cependant le chemin disparaît. Je lorgne avidement les coteaux de *Rabelais*, vignobles précieux, situés entre Saumur et Chinon, où ce joyeux écrivain prit naissance. Il m'est bien agréable de savoir que le meilleur vin de ces cantons se fait dans celui qui a retenu le nom de ce chantre des buveurs et de la bonne chère. Soit dit, sans rien retrancher de nombre d'autres qualités exquises de ce savant écrivain, que nous admirerions sans doute davantage en considérant le temps où il vivait, sa philosophie égale et soutenue, sa morale excellente, et les différentes allégories ingénieuses, dont la beauté doit charmer l'œil observateur qui sait lire à travers le voile bigarré de cette satire joyeuse.

Saumur est une ville fort peuplée, relativement à sa grandeur. Elle a un beau pont, une sale de comédie, des casernes; enfin elle réunit l'avantage de son heureuse situation pour le commerce à tous les agrémens du sol et du climat. Je quitte cette ville pour me rendre lentement à Thouars.

Le chemin de Saumur à Thouars me fait croire à ces mers de sable dont parle Quinte-Curce. En vérité, je pense que, si le vent eût été plus violent, j'aurais trouvé un tombeau dans une de ces mers sablonneuses, dans laquelle mon cheval semble nager.

Thouars est le chef-lieu des dépendances de la maison de La Trimouille, dans le Poitou. Le château des anciens ducs est situé dans une des extrémités de la ville. Il est bâti sur un rocher revêtu de murs, à la hauteur de cent vingt pieds ou environ. La masse énorme de ces fondemens étonne les regards, qui, en s'élevant sur le château, le jugeraient bâti depuis dix ans seulement, tant la pierre dont il est construit a conservé de force et de blancheur. Du reste, sa situation est belle et avantageuse. Il domine la ville et le pays voisin. Une rivière coule au pied du rocher. On voit dans l'intérieur du château des tableaux précieux, un lustre enrichi de pierreries, et d'autres objets aussi curieux par leur vétusté que par leur valeur réelle. L'orangerie de Thouars passe pour la plus belle des provinces de France. On remarque encore dans le château les tombeaux des anciens ducs ; enfin tant d'autres objets imposans, qu'on n'en 'sort pas sans une émotion sécrète qui nous plonge dans une douce mélancolie, en nous reportant malgré nous dans les temps où les guerriers de cette illustre race venaient s'y reposer des fatigues de leurs hauts faits.

> C'est-là que ces galans héros,
> Après leurs vaillantes prouesses,
> Venaient courtiser leurs maîtresses,
> Et se montrer à leurs vassaux.
> A leur départ les bonnes dames,
> D'un air tendre, les yeux en pleurs,
> Les décoraient de leurs couleurs,
> Et croyaient régner sur leurs âmes.
> Mille sermens d'aimer toujours
> Sortaient de leurs lèvres charmantes ;
> Mais, éloignés de leurs amantes,
> Ne rencontraient-ils plus d'amours ?

Dans les temps heureux où l'intrépidité et la valeur faisaient adorer les héros, leur âme fière et généreuse, leur ardeur

bouillante et hautaine, disparaissaient
auprès des demoiselles. Leur cœur d'acier
était timide aux genoux d'une belle. Un
geste, un seul regard, étaient un ordre
irrévocable. Cette ancienne galanterie,
compagne de la vaillance, naissait de l'a-
mour ingénu des chevaliers. Elle enlaçait
leurs bras vigoureux de guirlandes et de
rubans, traçait les chiffres du mystère
sur leurs redoutables boucliers, ou ar-
mait leurs vaillantes mains des lances
terribles consacrées à la vengeance de la
beauté.

> Galans dans le sein des murailles,
> Galans même au sein des batailles,
> Ces anciens nobles paladins,
> Vifs, tendres, joyeux et badins,
> Rougis de sang dans les alarmes,
> Ne pouvaient résister aux larmes.
> Ils promettaient à la beauté
> Respect, amour et loyauté,
> Mais obtenaient des demoiselles
> De n'être qu'amoureux fidèles;
> Et, trouvant partout de beaux yeux,

Partout ils étaient amoureux,
Partout avaient flammes nouvelles,
Et, par caractère infidèles,
Trompés souvent, souvent trompeurs,
Changeaient tous les mois de couleurs.

Comme tout se dénature par la suite des âges, c'est de cette ancienne légèreté française que nous est venue sans doute l'espèce des petits-maîtres, espèce assurément bâtarde, si l'on considère que leurs braves aïeux étaient gais, simples, remplis de franchise, riaient, chantaient, buvaient, et servaient leurs belles et leur patrie avec le même esprit et le même courage. Il est vrai que les sciences et les arts leur étaient étrangers; mais nos modernes chevaliers peuvent-ils remplacer les qualités de leurs ancêtres par leurs madrigaux et leur ennui?

Les habitans du Poitou paraissent gais par caractère. Les productions du sol ne contribuent pas peu, sans doute, à leur donner cette joyeuse humeur. Après avoir traversé des gorges, des bois, des montagnes, je suis enfin arrivé près de Fontenay.

J'ai couché à La Rochelle. Cette ville maritime est très-agréablement située. Ses promenades sont belles ; son port est très-commode ; ses fortifications ont été construites sous les ordres de l'illustre maréchal de Vauban. On voit encore, du côté de la mer, quelques débris de la fameuse chaîne du cardinal de Richelieu. La vue formidable de cet ouvrage audacieux, et presque construit par miracle (car il était l'ouvrage de la nuit), causa une telle frayeur aux protestans, qu'ils se rendirent sans délai. Un moment après, cet ouvrage, qui les glaçait d'effroi, fut emporté par le mouvement réglé de la mer. Vous devez penser que les Anglais, qui appuyaient les efforts des rebelles par une flotte qu'ils avaient en mer dans ces parages, à l'aspect de cet événement imprévu, dûrent avoir le nez plus long que celui de l'aventurier de Bruxelles, dans Tristram Shandy.

Je suis à Rochefort. Des maisons basses, des rues excessivement larges, la font moins ressembler à une ville qu'à un camp. Mais le port!... il présente le tableau le plus varié; l'activité règne partout; on y fait tout ce que l'art peut créer pour construire et munir un vaisseau. C'est de ce port que part ordinairement une de nos plus redoutables escadres.

J'ai traversé la Charente pour me rendre à Royan.

> Enfourchant un vieux cadédis,
> N'ayant qu'un vieux licol pour bride,
> Je suis lentement un vieux guide
> Qui mène au pays des sandis.

Pendant quatre grandes lieues, au sortir de Rochefort, la route est nue et fort mauvaise; mais ensuite elle devient riante.

Enfin j'ai entendu chanter les paysannes

de la Guienne. Leur patois, en frappant mon oreille, a retenti jusqu'à mon cœur. C'est le premier langage que j'ai parlé; il a je ne sais quoi de plus libre, de plus expressif que la langue française, et le charme en est bien séduisant pour ceux qui en connaissent la douceur et la naïveté. Me voila Gascon, parlant gascon, questionnant, répondant aux questions ; ce qui, dans tout autre pays , me semblerait fort ennuyeux. Je crois, sans prétendre fâcher les autres provinces de France , que celles qui avoisinent la Gascogne ont en général plus d'esprit naturel qu'on n'en trouve ordinairement dans plusieurs parties du royaume. C'est là qu'on peut réellement dire qu'il court les rues.

De sentier en sentier, de colline en colline, je vais enfin descendre dans Royan. Cette ville est fameuse par ses pêcheries. Bordeaux , Rochefort , et La Rochelle même, tirent la plus grande partie de leur marée des côtes de Royan. C'est là que se pêchent les premières sardines, poisson extrêmement recherché dans sa primeur. Il descend des rivages d'Espagne, où il a pris naissance, et file le long des rivages de France. Plus il s'avance, plus il vieillit, et moins il est estimé. On prétend que les dernières pêches de sardines en France se font au Havre et à Saint-Malo. Royan a un port fort beau et fort vaste. Le fond en est bon, mais bas. Les pointes, qui l'enferment dans les terres, le rendent un abri sûr pour les navires qui y sont en rade. Avec de modiques dépenses, ce port deviendrait un des meilleurs du royaume. Bordeaux a le plus grand intérêt de faire échouer les projets des habitans de Royan.

Pour changer d'objet, si j'étais de la secte épicurienne, je chanterais le repas délicieux qu'on vient de me servir.

> Mais, sur les traces des Chapelles,
> Des Bachaumont et des Chaulieux,
> Chantres de Bacchus et des belles,

3. 11

Comment un jeune audacieux,
Désavoué des neuf pucelles,
Osera-t-il des demi-dieux
Toucher les lyres immortelles ?
Hercule seul du poids des cieux
D'Atlas soulagea les épaules :
De là j'infère, pour le mieux,
Qu'il faut chacun jouer nos rôles.
Or, le dessein pernicieux
De chanter un mel et deux soles
Doit se noyer dans le vin vieux
Qu'on me sert au midi des Gaules.

Je me suis aperçu de mon insuffisance ; aussi je reprends prudemment le parler du bourgeois gentilhomme , pour vous assurer que mes soles, mon mel , mes sardines , et surtout mon vin de Saint-Émilion , ne vous feraient pas moins de plaisir qu'à moi, si j'avais celui de vous voir à ma table.

Le patron du bâtiment de passage de Royan à Bordeaux vient m'avertir de me tenir prêt à m'embarquer vers minuit. Je voudrais bien dormir, et je crains....

Mais, allons, partons, embarquons-nous, voyageons sur l'onde salée.

A vous tous, vieux marins, braves marins, tant anciens que modernes, je vais devenir votre compère pour deux jours; n'allez cependant pas, d'un air grave et compassé, rire de mépris dans votre barbe.

Sans les destins, fiers et contraires,
J'eusse été marin comme vous;
Mais ils n'ont pas voulu, chers frères,
Que je fusse au nombre des fous.
Quand vous avez dans les batailles
Bravé le feu, l'Anglais et l'eau,
Vous pensez que dans vos entrailles
Vient loger un homme nouveau :
Mais, parmi des milliers de têtes
Voguant à la merci des flots,
Affrontant l'horreur des tempêtes,
Combien comptez-vous de héros?

Quand de vos immenses voyages
Vous rapportez du monde entier
Un tableau fait en deux cents pages
Pour l'honneur de votre métier,
Vous pensez que nous allons croire

Vos serpens, vos îles, vos mers,
Et prôner votre belle histoire
Aux quatre coins de l'univers.....

Détrompez-vous, de grâce; nous sa-
vons que les nègres sont toujours esclaves,
les Européens méchans, et que vous n'êtes
que des fous. Fort bien raisonné, admi-
rablement débuté; embarquons-nous.

Vent arrière; Royan est déjà loin.
Nous découvrons, sur la droite, la tour
de Cordouan. Je vais prendre la plume, et
vous écrire tranquillement, sur le gaillard,
une belle description de tempête. Des
montagnes d'eau se déclarant la guerre,
notre vaisseau jouet de leur fureur, les
femmes tremblantes, les matelots pâles
et craintifs, le pilote affectant un air tranquille, les sifflemens aigus des vents qui
soulèvent les flots, le feu terrible des
éclairs serpentant à travers l'azur foncé
des nuages, la mer réfléchissant leur éclat
effrayant; des requins même aux aguets,
ouvrant une gueule immense et meur-

trière, prête à dévorer leurs victimes; la foudre enfin frappant à nos côtés un navire hollandais, dont charitablement nous sauvons les débris.

Ma tâche est remplie. Je suis sur le tillac, un peu faible à la vérité; mais du moins puis-je contempler les bords superbes de la Garonne. Cette rivière, à son embouchure, a trois lieues de largeur, et porte alors le nom de Gironde. On voit sur la droite ce qui tient à la Saintonge, et, de l'autre, les côtes de Médoc. Bientôt, en s'éloignant de Blaye, on découvre, à petites distances, de belles maisons de campagne, de nombreux châteaux, des terres parfaitement bien cultivées; en un mot, tout annonce la proximité d'une ville opulente et superbe. J'aperçois dans le lointain comme une forêt d'arbres fort élevés, dépouillés de leur verdure. Ce sont les mâts des vaisseaux des différentes nations qui commercent avec la capitale de la Guienne. La variété des formes des bâtimens, les pavillons divers, l'activité des matelots, sont, après la mer, ce qui m'a le plus étonné de ma vie. Hollandais, Anglais, Portugais, Génois, Français, occupent tour à tour mes regards. Mille petits canots, à l'envi les uns des autres, fendent les eaux à force de rames, et semblent à peine en raser rapidement la surface. Tout est bariolé de diverses couleurs, tout annonce le luxe et l'opulence. O! messieurs les marins, je conçois aisément que, flattés d'attirer les regards curieux des habitans des villes, les plus beaux momens de votre orgueilleuse carrière sont ceux où votre bâtiment, chargé d'échanges précieux, repose au milieu d'un beau port dans une majestueuse sécurité.

Nous avons côtoyé les superbes quartiers des Chartrons et du Chapeau-Rouge. Un peuple actif et remuant fixe de plus en plus mon attention. Nous débarquons vis-à-vis la belle place Louis XV,

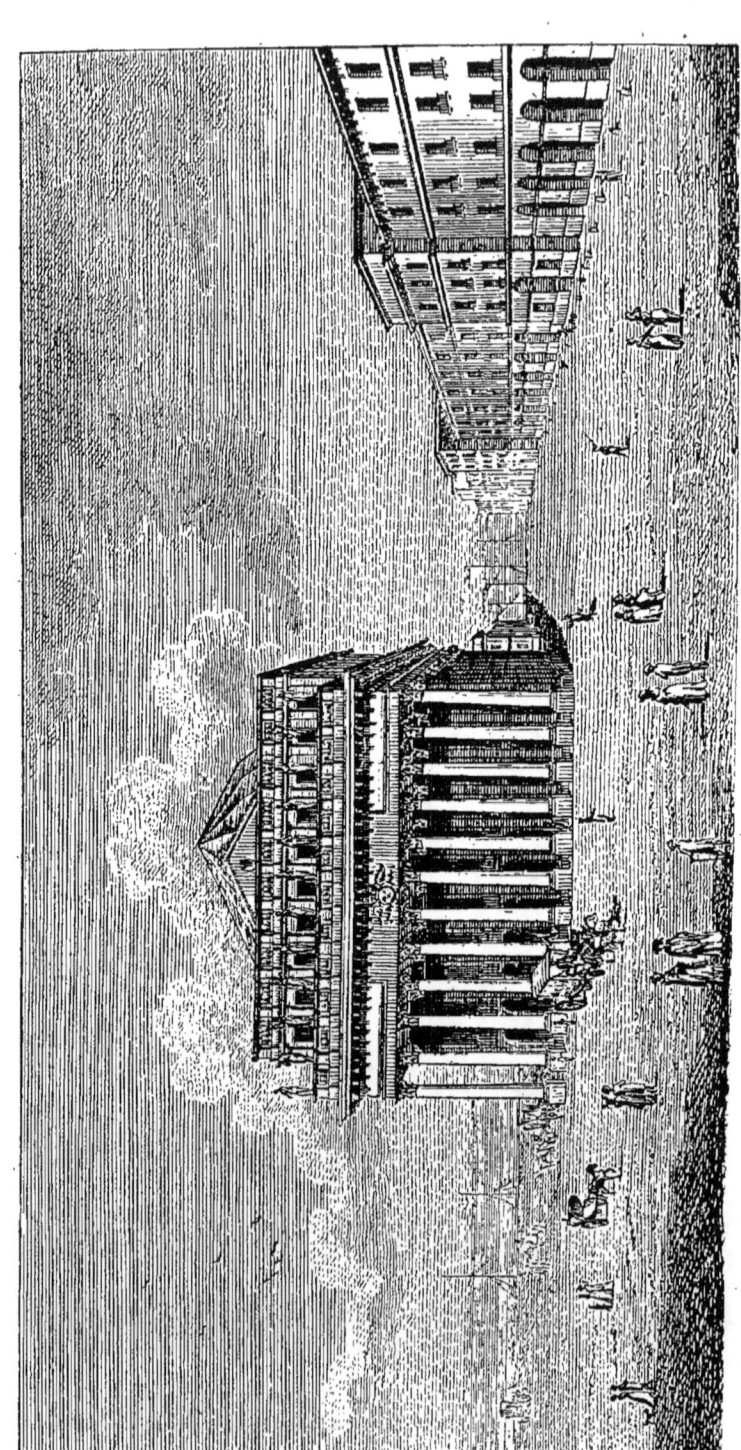

Salle de Spectacle de Bordeaux.

près de la Bourse, et non loin de la nouvelle salle des comédiens français, dont je vous entretiendrai demain. On prétend que les Bordelais, piqués d'orgueil et de patriotisme, ont employé des sommes immenses à la construction et à l'embellissement de ces trois différens objets.

On peut voir la capitale de la Guienne avec plaisir, après avoir vu celle de la France. Vous admireriez comme moi la pompe des nouveaux bâtimens, et le tableau intéressant de la continuelle activité qui règne dans le port. Je ne connais rien à Paris qui puisse égaler cette vue magnifique et variée. Dans tous les temps, six cents navires sont en rade à Bordeaux. Ce nombre est au moins excédé d'un tiers dans ce moment.

La façade de la Comédie est imposante et majestueuse. L'élévation des colonnes du portique lui donne un air noble. Les Muses, qu'on a gracieusement placées sur leur fronton, donnent à ce monument une empreinte caractéristique qui le distingue. Notre bon sculpteur Martin, qui aime que chaque chose paraisse ce qu'elle est, apprendra avec plaisir que la Comédie de Bordeaux ne peut donner le change au voyageur le moins instruit. Le vestibule m'a paru être dans la plus grande convenance. Ses voûtes étendues, ses escaliers d'un genre noble et gracieux annoncent l'entrée du temple le plus auguste; et tel doit paraître aux yeux du poëte et de l'homme instruit celui de Melpomène et de Thalie. Je ne puis cependant m'empêcher de blâmer les petites issues qui conduisent au parterre, et les escaliers mesquins des quatrièmes loges, qu'on nomme encore à Bordeaux *paradis*, à cause de la grande liberté dont on y jouit sans doute.

La salle m'a paru belle; mais elle n'a pas soutenu dans mon esprit l'idée que je m'en étais faite. Les colonnes qui soutien-

nent les loges ne flattent pas les regards ,
et donnent à la salle une surdité qui nuit
infiniment aux autres avantages qu'elle
réunit. La scène et l'avant-scène ont une
vaste capacité, qui doit être d'un grand
prix pour le jeu exercé des bons acteurs.
Les décorations sont fraîches et agréables
à l'œil. En général, on doit juger d'après
l'ensemble que les Bordelais n'ont rien
voulu négliger pour rendre leur spectacle
attachant et pompeux.

Vous peindre les habitans de ce pays
ne me semble pas malaisé. Cependant ,
comme mes observations ne sont qu'un
bien faible aperçu , vous ne pourrez
juger que très-peu sainement d'après ce
croquis informe, qui doit être considéré
comme le fruit de la circonstance et du
moment.

Le commerce est l'occupation chérie
des Bordelais. Ils réussissent ordinairement si bien dans leurs entreprises, que
l'observateur ne doit pas être plus surpris

de leur amour pour le commerce que
de celui d'un enfant bien dodu pour sa
grosse nourrice. Les Bordelais sont com-
munément doués d'une moyenne taille,
mais fort bien prise. Le teint de leur
visage brun, leurs yeux fort vifs, et la
promptitude de leurs mouvemens, ne les
peignent pas mal à mon gré. Leur esprit
a une tournure qui leur appartient uniquement. Fiers dans leur maintien, vains
de leur opulence, ils montrent de l'orgueil
dans leurs moindres actions. Dans les en-
tretiens familiers, dans les sociétés par-
ticulières, ils n'ont pas la politesse aimable des habitans de la capitale. Ils la
remplacent par des propos bouffons, vul-
gairement appelés *gasconnades*. On parle
à Bordeaux deux langues, l'une dite le
jargon du peuple ou le patois, et l'autre
la française, à laquelle il donnent un son
tout particulier ; ce qui vient sans doute
de l'amalgame de ces deux idiomes, qu'ils
marient assez ordinairement dans leurs
conversations.

J'ai traversé la Garonne à la Bastide pour me rendre à Libourne, où je coucherai ce soir.

De Bordeaux à Libourne la route est belle, et les champs fort bien cultivés. Les villages bien bâtis, les chants rustiques des paysans, font éprouver au voyageur la douce émotion que tout honnête homme sent lorsqu'il croit apercevoir des êtres heureux au sein des occupations qui, en embellissant la nature, font germer les abondantes productions essentiellement utiles aux premiers besoins de la vie.

Libourne est avantageusement située. Un joli petit port la rend très-commerçante. Cette ville, dans son ordre, est peut-être une des plus agréables qu'on puisse voir. Il se trouve même beaucoup de personnes qui préfèrent son séjour à celui de Bordeaux. Ses rues sont larges, propres, et bien percées. Les maisons annoncent l'opulence. Les promenades,

dont la ville est entourée sont, à ce
qu'on me dit, très-agréablement plantées
d'arbres ; c'est là que je pourrai juger
cette après-midi si les Libournaises mé-
ritent leur réputation de jolies femmes.
Au sortir de vêpres, car c'est aujour-
d'hui dimanche, elles iront promener
leurs appas autour de leur charmante
ville.

> Beaux yeux qu'on voudrait plus humains,
> Démarche gracieuse et leste,
> Taille qu'on mettrait dans ses mains,
> Je laisse à deviner le reste,

forment l'ensemble ravissant des beautés
libournaises. Heureux ceux qui peuvent
les fixer et leur apprendre à sentir le
prix des agrémens, qui sont les vrais ac-
cessoires de la félicité !

Nous nous éloignons de Libourne. La
route est belle, la campagne toujours
charmante, les agricoles toujours gais.
Le costume des paysannes est très-gra-

cieux : le corset de siamoise dessine une taille ordinairement bien faite, le jupon court laisse à découvert une jambe fine qu'on aurait tort de vouloir cacher; et la physionomie brune, qui pare tout cela, laisse entrevoir sous la cornette ou le bavolet deux yeux parfaitement noirs, où l'esprit et le plaisir siégent tour à tour.

Nous entrons dans un village où tout est en rumeur. Des troupes joyeuses de villageois courent de toute part au bruit des tambours et des fifres. Les rubans et les fleurs enjolivent les habits de cérémonie des garçons et des filles. Ils dansent partout, mais les parquets ne sont pas fatigués de leurs sauts ; ils chantent, mais les plafonds et les lambris ne retentissent pas du son de leur bruyante gaîté ; la terre, dont ils ont creusé le sein pour en tirer leur nourriture, dans sa complaisance entière, se prête encore à leurs ébats. La fête d'un vieux fermier fait mouvoir.

tout ce monde!... On parle de bonhomie dans les villes, on parle de plaisir dans les villes; mais c'est au village qu'on est bon avec simplicité et qu'on jouit des vrais plaisirs.

> Ris moqueurs, bons mots apprêtés,
> Fadeurs, grands airs, vain persifflage,
> Enfans orgueilleux des cités,
> N'habitent jamais au village.

L'esprit et le bon sens y sont simples comme la nature. Qu'on n'aille pas me taxer d'exagération, et renvoyer mes propos aux rives du Lignon! Je sais que nos bergers ne sont pas, comme dans l'antique Grèce, des Céladons ou des Amaryllis. Mais ne saurait-on prendre un terme moyen dans les opinions? et l'excès appartient-il si fort à l'esprit humain, qu'on veuille absolument trouver tout ou trop mal ou trop bien? Le voyageur, le commerçant, le guerrier, peuvent supporter les injures de l'air; les bergers seuls ne pourront-ils en braver la rigueur, ni se plaire dans une condition qui leur est naturelle?

Laissons, laissons, pour peu que nous soyons sensibles, aux pâtres des montagnes des Alpes, de l'Auvergne et de la Savoie, l'opinion qu'ils ont de leur fortune. Sachons distinguer sous la livrée de la misère une âme calme, exempte des soucis et des chagrins qui dévorent les plus illlustres têtes. Revenons à la Touraine, à la Provence, à la Guienne; et jouissons, dans un sol fertile, de l'aspect du bonheur de tout ce qui nous environne. Que de candeur, de gaîté franche et de bonhomie, y attachent nos regards et nos sentimens !

> La bonne, la simple nature,
> Innocente dans ses désirs,
> Naïve jusqu'en sa parure,
> Fit les corsets et les plaisirs.
> Une troupe aimable et folâtre,
> Au son d'un aigre chalumeau,

Vient, sans dessein, rire et s'ébattre
Sur la prairie ou sous l'ormeau.
Là, trente beautés enfantines
Etalent ces divins appas
Et ces grâces toutes badines
Qu'à la ville on ne connaît pas.
Guillot, Nicolas, le gros Blaise,
Le fils du bailli Dorilas,
Contens, dispos, le cœur de braise,
Pensent battre des entrechats;
Et, montrant une âme joyeuse,
Aident, en riant aux éclats,
A faire sauter leur danseuse,
Qui reprend l'aplomb dans leurs bras.

Je m'éloigne à regret du spectacle champêtre dont je viens de jouir. Qu'il est différent du vain étalage qu'on admire à la ville!

Beautés sensibles et fidèles,
Naïves même en vos penchans,
Vous ressemblez aux fleurs nouvelles
Que vos mains cueillent dans les champs.
Elles conservent leur verdure,
Elles conservent leur fraîcheur,
Lorsqu'un amant de la nature

S'en déclare le possesseur :
Mais si le fat dans son ivresse ,
Voit leur beauté d'un œil jaloux ,
Tout est détruit, le charme cesse ;
Adieu les parfums les plus doux.

J'ai pour compagnon de voyage dans
la voiture publique un marin, qui va ,
dit-il, se faire donner une part de prise
qu'on lui dénie. J'ignore s'il obtiendra
ce qu'il désire, et si les superbes mou-
choirs des Indes qu'il destine à la favo-
rite du capitaine de son bord produiront
l'effet qu'il en attend : mais je sais bien
que, lorsqu'il vient à parler de M. d'Es-
taing, qui a été son général dans les dernières guerres, ses yeux s'enflamment ;
et sa langue, peu faite aux apologies, ne
se prête plus à sa volonté. Le bon marin, les yeux humides, pour réparer son
défaut d'éloquence, m'assure, en jurant
ses grands dieux, que son général possède le cœur de tous les vrais marins ,
et qu'il n'est aucun d'eux qui ne s'estimât

heureux de faire briller sous ses ordres le courage qu'il sait donner à tous ceux qu'il commande. Il me parle alors des savantes manœuvres de l'honnête homme illustre, et du siége de Grenade. — Une veste blanche de basin, son cordon bleu à découvert et en écharpe, devaient assez le faire connaître aux Anglais, si sa valeur n'eût pas encore été plus remarquable : aussi demandez-lui si les Français savent monter dans une brèche.... et si.... Mais je n'en dis pas davantage ; ce brave marin, par son ton naturel, a fait passer son émotion dans mon âme. Elle a donc l'ascendant le plus puissant sur nous, l'éloquence de la simplicité et de la bonne foi !

Me voilà encore une fois enfourchant un mauvais cheval de louage. Trottin troltant de montagne en montagne, le beau pays est déjà loin. Les bruyères, la nudité des rochers, le vert pâle qui en chausse le pied, comparés aux sites gracieux dont je viens de jouir sur la route, ne me présentent rien d'intéressant. Cependant les gorges, les précipices, les sources abondantes qui jaillissent sur les plus hauts sommets, les sentiers couverts de feuillage, les groupes de petites collines, les chemins tantôt difficiles, tantôt aisés, les ruisseaux à passer, du sable, les cailloux, les vallons étroits et fertiles, forment un ensemble pittoresque bien propre à charmer un voyageur mélancolique. En s'éloignant des belles et fertiles campagnes du Bordelais, il n'est pas déplaisant de trouver pour contraste les landes, les bruyères, les montagnes arides du Périgord et du Limousin.

Qu'on est ému quand on est près de sa patrie ! Que la vue des objets remarqués autrefois avec indifférence cause de sensations délicieuses! A une lieue de la ville de B***, une ouverture de deux toises de large sur l'épaisseur de la montagne, traversée par la route royale, dé-

couvre tout à coup au voyageur la plaine
fertile que la rivière de C... arrose de
ses ondes. Cet aspect inattendu m'a saisi
d'une telle surprise, que je me suis arrêté
dans ce lieu plus d'une demi-heure pour
y considérer la magie de l'optique. Par-
tagez, s'il se peut, mon plaisir par le
secours de l'imagination. Voyez sous le
vaste horizon que vos regards peuvent
décrire d'immenses forêts de bois châ-
taigners dont l'aspect uniforme inspire
la tristesse, tandis que dans un petit coin,
par un effet imprévu, la nature paraît
dans sa pompeuse prodigalité.

Qu'il est doux de revoir les compagnons de son enfance! Comme on se
plaît à croire qu'ils ont le même attrait
qu'on leur trouvait jadis! Mais je suis
obligé de refaire connaissance avec tout
ce monde. Que de physionomies étranges! que de petitesse parmi tout ce monde
comme il faut! de petits intérêts dans de
petites têtes forment chez la plupart des

haines éternelles. En examinant au mi-
croscope de la raison ces êtres appelés
raisonnables, on est fort embarrassé dans
le choix d'Héraclite ou de son adversé
pour rire ou s'affliger des petites causes
produisant les grands maux dont le monde
gémit. *Tout marquis veut avoir des
pages, tout prince des ambassadeurs ;*
morale excellente, qui semble classer
dans l'amour - propre toutes les folies
humaines.

Rien de plus risible que l'importance
et les grands airs que se donnent de petits bourgeois, condition d'hommes qui
tire une grande vanité de l'inaction désho-
norante dans laquelle elle passe sa vie.
Mais hélas ! que deviennent-ils ces bourgeois arrogans en présence des anciens
gentillâtres du pays ! Ils lorgnent d'un
œil d'envie la vieille épée pendue à la
ceinture du chevalier, et désirent de pouvoir, à son exemple, lui faire battre fière-
ment leur jarret, c'est-à-dire à peu près

comme Léandre Candide au théâtre italien. Hé bien, tous ces gens croient avoir le meilleur ton du monde; cependant que de jalousies, de haines, de graves et sentencieux discours pour des minuties, des misères!

> Une coiffe, un colifichet,
> Brouillent la mère avec la fille.
> Il ne faut rien moins qu'un hochet
> Pour diviser une famille.
> Un chapeau, de nouveaux pompons
> Émerveillent la ville entière.
> On parle huit jours des jupons
> De Jeanneton la chambrière.
> On sait si Dorillas est sot,
> Si sa femme est un peu coquette,
> La poule qui bout dans son pot,
> Et le rouge de sa toilette.

Au surplus, on prétend que, dans toutes les petites villes, on est engoué de ce ton, si mauvais, que peut-être le prendrez-vous dans ce tableau pour une caricature. Quant à moi, je me sauve à Périgueux. Cette ville est fort ancienne,

Henri IV lui accorda de si grands privi-
léges, qu'il n'est pas une ville en France
qui soit autant favorisée. Notre Henri,
en accordant ces grâces, suivit les sentimens de sa reconnaissance envers les
gentilshommes périgourdins. Ils l'avaient
servi de tout leur pouvoir à la bataille de
Coutras. J'ai vu ce village qui se présente sur la droite de la route de Périgueux à Bordeaux. Mes yeux y distin-
guaient dans des objets inanimés les braves
gentilshommes, les héros patriotes qui
suivirent à la victoire le bon roi dont
tous les paysans savent le nom et les ex-
ploits. Tous les avantages des immunités
à part, la capitale du Périgord n'est pas
une ville considérable. Les rues y sont
étroites et mal percées, les maisons bâties en torchis; leur aspect est triste, déplaisant, mais on y boit d'assez bon vin,
et vous savez assez quelle est la renommée
des pâtés et des poules-d'Inde aux truffes
de Périgueux.

Ce serait une méchanceté noire de vous conduire de Périgueux à Angoulême par des sentiers pierreux, des sables, des bourbiers ; enfin un chemin tel, qu'il n'est praticable que pour des étourdis comme moi. Je me hâte donc d'arriver, pour vous épargner des peines, des fatigues.

Augoulême est placée sur un rocher fort élevé, et dont la forme représente un cône tronqué. Il domine tout le pays voisin. Un parapet construit sur le roc forme pour les Angoumois, autour de leur ville, une promenade commode et pittoresque. Du haut des murs, élevés au-dessus du niveau de la plaine de deux cents pieds ou environ, on jouit du tableau le plus varié. On voit d'un côté des forêts immenses, des chemins creux, des rochers nus et escarpés ; d'un autre, de vastes plaines traversées par les grandes routes de Paris et de Bordeaux ; en perspective, les prairies baignées des eaux de la Charente, qui les coupe agréablement en parties inégales. Elles ont cependant communication les unes avec les autres par des ponts en bois peints de diverses couleurs. C'est sur ces prairies que les Angoumoisins font blanchir les toiles tirées des nombreuses manufactures placées sur les bords de la Charente. Les yeux, en se reposant sur ce magnifique tableau, ne sont bornés dans leur horizon que par des coteaux agréables qui semblent fuir dans le lointain. Je vous avoue que l'heureux emplacement de cette ville ne m'a pas paru son moindre ornement. Mais que viens-je de dire! quelle imprudence extrême!

Non, non, trop orgueilleux remparts,
Qui paraissez porter les nues,
Sur vos murailles étendues
Vous n'attirez plus mes regards.
Une fillette au fin corsage,
Belle et jeune comme l'Amour,
Seule doit orner ce séjour
De sa beauté modeste et sage.

3. 13

Ses yeux ont l'aimable candeur.
Des quinze ans qui la font captive.
Sa bouche innocente et naïve
Des fleurs des champs a la pudeur.
Tu respires, bouche enfantine,
Les parfums de la volupté,
Et le charme de la beauté
Te donne sa grâce divine.
Ah ! si le rire du désir,
Entre tes lèvres parfumées
Souffrait les miennes mi-fermées,
Heureux, je mourrais de plaisir !

Pardonnez-moi, cher ami, cette licence poétique. En vérité, je n'aurais pas osé la mettre en prose, tant l'extrême réserve est de sa convenance : mais en vers on excuse ; et puis jamais je ne vis aussi charmante bouche.

Et, comme la pauvre petite
Ignore ce que c'est qu'amour,
La mienne l'en aurait instruite,
Pour l'apprendre d'elle à son tour.

Que je crains qu'elle n'appartienne à

quelque sot, quelque vieil avare décrépit qui ne connaisse pas le prix du trésor qu'il possédera ! Il est vrai que tout reçoit des lois de la beauté, tandis qu'elle seule n'en reçoit de personne ; mais un vieillard hélas ! en amour !...

> Tout le bonheur qui vient d'amour
> N'existe plus pour la vieillesse ;
> Le temps de son aile le presse,
> Et n'en permet pas le retour.
> Vénus, mère de la tendresse,
> Brûla pour le berger Pâris,
> Brûla pour le bel Adonis
> Sur les autels de la jeunesse.
> La mère du vaillant Memnon
> Préféra le jeune Céphale
> A son époux, qui fut cigale
> Après avoir été Titon.
> Amour, que la bouche jolie
> Qui charme et mon cœur et mes yeux,
> De ton culte mystérieux
> Goûte la secrète magie.
> Qu'elle trouve l'amant heureux
> Dont l'âge et la fraîcheur nouvelle,
> Le faisant beau comme elle est belle,
> Honorent l'empire amoureux !

Après avoir bien occupé mon esprit et mes yeux des chimères et des réalités qui pouvaient les flatter, je me suis éloigné d'Angoulême pour me rendre à Saint-Jean-d'Angely. ◆

Saint-Jean m'a paru un séjour fort agréable. Les habitans y sont gais et railleurs. J'aurais désiré y passer quelque temps, mais j'étais attendu à Surgères; il fallut partir.

Que les gens chez qui je suis à Surgères sont plaisans! Une grande et belle fille me sert à manger en chantant *Calpigi*, mais d'une manière si drôle, que je n'y puis tenir. L'hôte vient de monter; il fait une scène avec elle. Parce que sa voix est jolie, elle veut, dit-il, en faire parade aux étrangers. La fille rit, chante, se moque du barbon, qui m'apprend qu'elle est sa nièce, qu'elle voulait être comédienne; mais qu'il l'a retirée dans son auberge pour lui donner des mœurs. Celle-ci, d'un coup-d'œil malin, m'instruit des vrais desseins du vieillard, et descend les degrés quatre à quatre en chantant *Calpigi*.

J'ai couché à La Rochelle, j'y ai vu la comédie. On jouait *le Cid*. Plusieurs morceaux de cette sublime tragédie m'ont paru rendus avec assez de naturel; mais l'ensemble péchait entièrement. La salle de spectacle à La Rochelle est assez gentille, en la comparant à plusieurs autres salles de province; mais elle ne répond pas au goût que les Rochelois ont pour les lettres et les arts.

Le chemin se fait bien lentement, à mon gré; cependant j'approche des marais du petit Poitou, qui me présentent leur aspect uniforme. Que la nature y paraît triste! que l'air qu'on y respire est lourd et grossier!

N'importe, il faut que je vous fasse succinctement le tableau topographique de ces marais. Si je réussis à vous les peindre, j'aurai bien employé mon temps.

Le petit Poitou proprement dit se divise en deux parties, les marais mouillés, et les marais desséchés. C'est à l'industrie et au génie cultivateur de MM. Siette et Filastre, Hollandais de nation, que la France doit la culture de plus de vingt lieues de terrain dans ces parages. Combien de peines, de patience et d'argent n'a-t-il pas fallu à ces novateurs pour parvenir au but qu'ils se proposaient! La mer a reçu des barrières, et, par des égouts d'une pente facile, on l'a forcée de recevoir le surcroît des eaux des marais mouillés. On a formé de terre et de gazon des digues énormes en largeur, et d'une étendue de plusieurs lieues. Elles servent à détourner les eaux du terrain de desséchement; et, comme leur volume est trop considérable pour espérer de le chasser en entier, on lui a creusé des lits de différentes grandeurs, divisés et sous-divisés, pour lui donner une pente facile, un cours naturel dans les ceintures principales, nom que reçoivent les grands canaux qui conduisent les eaux à la mer. On a ainsi profité des inconvéniens mêmes pour en faire naître des avantages ; car , par le moyen d'écluses , on peut prendre ou renvoyer les eaux des petits réservoirs, suivant que l'exigent le temps et la culture. Toutes ces divisions et sous-divisions des canaux multipliés , qui entrecoupent les marais, met tous les particuliers dans la nécessité d'avoir plusieurs bateaux de diverses grandeurs. On fait en bateau la visite de ses possessions ; en bateau on va voir ses amis ; enfin , sans bateau , on serait prisonnier dans sa maison.

Les marais mouillés le sont pendant six mois de l'année ; mais , comme si la nature voulait dédommager le cultivateur du temps de non valeur , lorsque les eaux se retirent, ces marais sont chargés d'herbes succulentes qui servent à l'engrais des nombreux troupeaux de bœufs qui viennent à la capitale en si grande quantité.

Lorsque le laboureur ne fait pas des spéculations sur le bétail, la terre, dont il
fouille les entrailles, comble ses espérances par les abondantes productions
dont elle l'enrichit. Cependant il n'est pas
rare de voir des fermiers devenir pauvres
à cause des spéculations folles qu'ils font
sur le produit du sol. Quoi qu'il en soit,
dans ce pays l'abondance se montre partout, et j'ai peu vu de portions de provinces aussi peuplées.

Le bien n'existe nulle part sans un mé-
lange de mal. Si le petit Poitou est un
des sols les plus productifs, il est, par
une compensation bien funeste, sujet
à des maux dont les moins fertiles sont
exempts.

La longue stagnation des eaux dans ce
pays en exclut presque absolument les
bois. Les aubiers, les saules, les peupliers,
sont les seuls arbres de chauffage qui puis-
sent y croître. On les plante dans de petits carrés destinés à cet objet, ou sur

les bords des fossés, qu'ils raffermissent par les liens serrés de leurs racines avec la terre qui les soutient et leur donne la vie. Toutefois la disette de ce mauvais bois est si grande, que l'industrieux laboureur est forcé d'amasser avec soin les excrémens de son bétail, d'en faire des gâteaux, qui, séchés au soleil, servent ensuite à faire du feu pour les besoins de son ménage. Telle est encore la condition des bas Poitevins, qu'ils achètent ce chauffage, tout mauvais qu'il est, plus cher que ne l'est le bois dans plusieurs cantons des autres provinces. Les riches seuls peuvent se procurer un chauffage sain à prix d'argent. Les arbres fruitiers sont extrêmement rares, et sont d'ordinaire plantés [1]

[1] Dès leur jeunesse, une mousse jaunâtre les entoure ; et ses progrès marquent presque toujours la mort de l'arbre, à qui peu à peu elle a ôté la force végétative, en absorbant une grande partie de la substance qui le nourrissait.

dans les jardins. Ils ne sont ni robustes
ni élevés. Leurs fruits sont sans saveur.
Les plantes potagères, au contraire, ont
toutes les qualités qu'on peut leur désirer.
Les pacages paraissent fort nourrissans ;
mais le lait qu'ils produisent, quoique
fort gras, n'est pas agréable au goût. En
général, toutes les productions de ce terrain se ressentent de l'effervescence dans
laquelle les inondations et les chaleurs
l'ont tenue l'année entière. Les plantes
aquatiques croupissent dans les canaux,
qu'on n'a pas soin de nettoyer ; et, lorsque
le soleil dessèche les prairies, les exhalaisons putrides de ces fossés se joi-
gnent à d'autres exhalaisons non moins
dangereuses, telles que celles du chauffage infect dont il a été fait mention : l'air
salin qui vient de la mer enfante les épidémies cruelles que doit nécessairement
produire une si funeste combinaison. J'oubliais d'ajouter à tant de vices du climat
la privation des bonnes eaux. Celles qui

croupissent dans les canaux servent de boisson ordinaire aux habitans des marais. Aussi le savant médecin qui m'a aidé dans ces observations, à la fois intéressantes et désagréables, m'a assuré que les dartres, les hydropisies et le scorbut sont des maladies si communes dans ces cantons, qu'il est rare de trouver des familles où il n'y ait quelque individu qui ne porte pas dans son sang l'atteinte de ces dangereux virus.

Imagineriez-vous, d'après cet effrayant tableau, que les habitans des marais sont tellement attachés à leur pays, qu'ils ne pourraient s'en éloigner? Rien de plus vrai cependant ; et, lorsque vous aurez lu ce qui suit, vous comprendrez encore moins leur amour pour des lieux qui conviendraient à peine à des misérables bannis, sans l'avantage du commerce des grains, qui, en enrichissant les particuliers, ne peut cependant les garantir des infirmités, et de la mort même, que le vice de nature leur envoie toutes les saisons.

Les huttiers (nom qu'on donne aux habitans des marais mouillés, dont les habitations ne sont réellement que des huttes), dans les grandes inondations, en sont tellement incommodés, qu'ils ne peuvent pas faire de feu dans leurs cheminées. Hé bien, cet inconvénient, loin de les décourager, augmente leur amour pour leur demeure accoutumée, dans laquelle on les a vus entrer en batelet, y prendre soin de leur ménage comme si l'eau n'y eût pas été, faire bouillir le pot dans leur nacelle, enfin coucher dans un lit dont les pieds étaient battus des vagues. Croiriez-vous, d'après cet exposé, que c'est en vain qu'on leur a offert de les loger dans la plaine ; qu'ils n'ont pas voulu renoncer, même pour un temps très-court, à leur manière de vivre ordinaire ? Sans doute l'habitude, la liberté, la chasse, l'engrais des oies, qui fait une partie de leur richesse, ont pour eux l'attrait puissant de les retenir dans leur insalubre demeure.

Les femmes et les enfans conduisent très-bien les barques avec un poussoir, qu'on nomme dans ce pays une *pégouille*. Il n'est pas rare de voir de petits marmots gouverner une nacelle avant de savoir parler. Les huttes sont ordinairement entourées de quelques arbres qui les ombragent ; ce qui forme, sur une grande nappe d'eau, des points de vue qui en diminuent un peu la monotonie. Mais un spectacle réellement récréatif pour l'étranger observateur, c'est d'être témoin, par un beau jour, des promenades des huttiers.

Plusieurs familles s'embarquent dans une petite flotte de batelets qui, placés à une égale distance, vont tous avec une égale vitesse ; de manière que, rangés deux à deux, ils ne ressemblent pas mal de loin à plusieurs piétons qui se promeneraient coude à coude. C'est ainsi

3. 14

que les huttiers vont aux noces de leurs parens, vont faire leurs visites, et vont le dimanche entendre la messe au village, qui d'ordinaire est placé sur un terrain qui domine le reste des marais.

Un ami a voulu me faire voir les foires de Fontenay, où il a une nombreuse parenté. Ce soir nous irons en foule voir la comédie de cette ville.

Nous avons été à la comédie, comme je vous l'avais dit hier. Voici ce que c'est que cette comédie. Un entrepreneur de bâtimens a mis des loges dans une grande salle dont il a pris un tiers pour faire un théâtre, qu'il loue à des comédiens de campagne à tant la représentation. Je vous laisse à penser comment Voltaire et les autres auteurs dramatiques sont traités par ces histrions. Hé bien, ils arrachent cependant des pleurs à de beaux yeux. Que je regrette le temps où mon goût et ma sensibilité étaient encore dans leur enfance! Je pleurais à chaudes larmes

sur le sort de l'épouse craintive du scélé-
rat Barbe-Bleue, et je sentais mon cœur
soulagé à l'arrivée des trois frères de cette
jeune malheureuse.

> Heureux temps des illusions,
> Du cœur enfant de la nature,
> Nous n'avons plus que la peinture
> De tes douces sensations !

Le luxe des dames de Fontenay m'a
paru si excessif, que j'en ai conclu qu'il
fallait que les maris de cette ville fussent
bien opulens, ou d'une complaisance bien
rare, pour ne pas mettre de bornes à la
prodigalité de leurs épouses.

Il n'est pas de jour qui ne soit marqué
par quelque course nouvelle, quelque
plaisir nouveau. Cela me paraîtrait fort
agréable, si le ciel était calme, l'air aussi
pur qu'en Languedoc, ou qu'on pût se
passer de naviguer. Mais je crois que le
vieil Éole tient sa cour plénière sur les
côtes voisines, et que messieurs ses cour-

tisans se plaisent à prendre ici leurs ébats.
Tempête ou pluie continuellement, sans
parler du seigneur Borée, qui vient à
certaines heures réglées s'enfourner dans
les cheminées, et fait retentir les maisons
du son bruyant de sa voix tuburlente.
Joignez à ces agrémens l'eau qui vient
baigner le seuil de la porte du jardin, et
vous jugerez que tous ces objets réunis
mettent une ombre bien foncée au tableau
de nos plaisirs.

Enfin j'ai obtenu de mon ami que nous
fussions plus sédentaires. Ne saurait-on
goûter le bonheur dans la paix du ménage?
et, pour le rendre plus vif, faut-il hasar-
der de le poursuivre sans cesse pour ne
l'atteindre jamais?

Me voici comme je le désirais. Nous
vivons en famille retirée. Nos plaisirs
sont peu bruyans, mais ils nous suffisent.
Nous avons trouvé l'art d'employer les
momens. Nous sommes au foyer, dont
nous ne voyons que la fumée.

Mon ami s'occupe à faire des réparations dans ses appartemens. Madame M....
vaque aux affaires du ménage, brode ou chante en s'accompagnant de la guitare,
dont elle pince fort agréablement, tandis que votre serviteur s'amuse à peindre une
tapisserie dans le salon, où se tiennent ordinairement les séances de nos lectures;
car, lorsque nous ne faisons rien de ce dont je viens de parler, alors Candide,
Zadig, les Mondes, Molière, viennent instruire et amuser notre esprit.

Dans les jours froids, lorsqu'il a gelé, nous allons, sur la brune, à la chasse
aux canards. Madame M...... s'appuie sur mon bras. Nous tâchons d'épier, en
nous promenant, les différens vols d'oiseaux, pour en avertir M. M.... qui,
dans un bateau chasseur, nage d'une main, et de l'autre appuie son fusil sur
le nez du bateau, d'où part le plomb meurtrier qui fait souvent tourner notre
broche. Outre le plaisir d'avoir du gibier,

qui est le prix de notre peine, nous avons
des jouissances qui ne nous sont pas moins
agréables. Le silence, l'attention, le cré-
puscule, l'attente de ce qui arrivera,
éveillent nos sensations, et semblent pres-
ser l'avenir. Lorsque le coup part, le
bruit se prolonge en grondant sur la surface des eaux, et rappelle celui d'un ton-
nerre lointain dans la soirée d'un jour
d'été. Souvent même les coups de fusil
des huttiers se mêlent, se confondent avec
les nôtres, et remplissent de leur bruit
commun l'étendue des marais sur lesquels
nous chassons. Tout ce qui nous environne, un arbre, une hutte, un batelet,
se mêlant à notre marche silencieuse,
donnent du prix à nos projets. La chasse
a-t-elle été bonne, nous revenons en
chantant ; la gibecière est-elle vide, nous
chantons, mais pas si haut. Nous n'en
faisons cependant pas moins bonne chère.
La table est dressée au coin d'un bon feu ;
nous mangeons avec appétit, et buvons

du saint-émilion. Nous assaisonnons le tout de propos gais qui nous occupent agréablement.

Que les hommes sont fous de placer le bonheur
Dans le faste des cours, dans l'oisive mollesse!
Ce précieux trésor que vante la sagesse,
La nature l'a mis au fond de notre cœur.

On vient de nous raconter un trait si plaisant, que je veux vous en faire part. Il prouve à quel point l'avarice peut dégrader l'homme, même dans la plus basse condition. Un porteur d'eau, que je nommerai Blaise, depuis longues années fournissait seul de l'eau de fontaine aux habitans de Fontenay, lorsqu'un jeune égrillard forma le projet de devenir son émule. En conséquence, ce nouveau porteur d'eau, que je nomme Pierrot, acheta un cheval pour faire son commerce en grand. Cette concurrence désola le vieux Blaise. Il croyait avoir seul le droit de fournir de l'eau de fontaine aux habitans de la ville entière. Il regarda donc Pierrot comme un voleur, et son cheval comme un complice. Dès-lors il ne cessa de les accabler l'un et l'autre de toutes sortes de malédictions. Sur ces entrefaites, Pierrot fut pris comme recéleur d'objets volés, et son procès instruit en peu de temps. Blaise ne cessait de demander ce qu'on ferait de ce coquin, de ce voleur, digne de tous les supplices, lorsqu'un particulier lui dit, pour sonder ses vrais sentimens, que Pierrot allait être pendu. A ces mots, Blaise s'écria en pleurant de joie : Dieu soit béni ! Dieu soit béni ! et il ajouta, avec un air extravagant : Mon bon monsieur, il faudra qu'on pende son cheval aussi ; c'est un coquin qui l'aidait à me voler ma pauvre vie ! Notez, s'il vous plaît, qu'on prétend que M. Blaise est possesseur d'une bourse fort bien garnie.

Nous partons demain pour St.-Sulp... d'où je vous écrirai, si j'en ai le loisir.

L'entrée du château de Saint-Sulp....
m'a plu infiniment. Vous savez quelles
sensations j'éprouve à la vue des monumens de l'antique splendeur des chevaliers. Hé bien , tout ici annonce la demeure de quelque puissant et loyal pala-
din : on n'y voit point aux créneaux de
perfides crochets, ou autres instrumens de
la barbarie des enchanteurs et des géans.

Le château ne présente que des fortifications redoutables qui devaient arrêter
les entreprises des ennemis , traîtres et
félons. Un vieil écuyer a baissé le pont-
levis pour nous recevoir. Nous sommes
entrés dans les cours de ce vaste édifice
avec un silence respectueux. Deux gentes
dariolettes nous ont allumé du feu et
préparé des lits dans de vastes appartemens dont les plafonds reluisent encore,
par intervalles, de l'antique dorure qui
les avait embellis.

J'ai dormi comme un bienheureux; les
rayons du soleil, en perçant les volets ,

m'ont fait apercevoir que j'avais reposé bien avant dans la matinée. Je me suis arraché aux songes chevaleresques qui donnaient de la vie à mon sommeil, et j'ai sauté du lit pour aller visiter le château.

Le corps du château est flanqué de quatre grosses tours très-fortement construites. Un mur très-épais enceint d'ailleurs l'ensemble des bâtimens. Quant à la position du lieu, elle est délicieuse : bois, garennes, pièces d'eau, prairies, se trouvent placés au lieu que le goût le plus sévère leur aurait naturellement assigné. Le vieil écuyer qui me conduit dans les appartenances du château me fait entrer dans l'orifice d'un vaste souterrain, où de vieilles armes éparses çà et là se rencontrent encore. Il me dit, le bonhomme, que son maître a plusieurs fois tenté vainement de faire visiter le souterrain en entier. Des puissances surnaturelles s'y opposent. Pour moi, je pense tout bonnement que ce sont quelques restes des enchantemens de Parapharagaramus.

Que je me sais bon gré d'avoir couché à Saint-Sulp....!puisque j'ai pu connaître combien un seigneur honnête homme peut éviter de mal et faire de bien. Ce que j'ai appris de M. de Saint-Sulp.... est d'autant moins suspect, que je le tiens de ses vassaux. Ce brave seigneur est un vrai philosophe, faisant plus de bien par ses actions que d'illustres écrivains par leurs ouvrages. Ce n'est donc pas d'un philosophe ridicule que je veux vous parler, et du nombre de ceux qui ont avili l'extérieur simple et majestueux du sage, par l'extravagance de leur jugement et de leur parure.

Comme on peint aux enfans, au milieu des ténèbres,
Un spectre empaqueté d'accoutremens funèbres,
Ou tel que, dans le monde, on voit nos esprits faux
Ombrager leurs sourcils de leurs larges chapeaux,
Et, dans toute rencontre, amoureux de scrupules,
Faire assaut de vertu en propos ridicules;
Mais tel qu'un honnête homme, aimable et géné-
                reux,
Qui met tous ses plaisirs à faire des heureux.

Il a renoncé aux charges publiques pour les occupations qui sont amies de son cœur. Sa fortune lui permet de faire beaucoup de bien, et il n'en fait pas un autre usage. Tous ceux qui l'environnent se ressentent de ses vertus.

Je me rappelle avoir lu dans la vie de Michel de Montaigne que, ses précepteurs ayant reçu ordre de ne lui parler que grec ou latin, les familiers du jeune élève s'étaient trouvés dans la nécessité d'apprendre ces deux langues, et qu'on remarquait que l'habitude avait forcé, pour ainsi dire, les vassaux de Montaigne d'en retenir plusieurs mots pour désigner les ustensiles de ménage : de manière que l'éducation d'un seul homme avait été utile à un grand nombre. Partant de ce principe, je ne doute pas que les vertus de Michel de Montaigne ne servissent beaucoup à multiplier le nombre des honnêtes gens. On doit conclure de ce que je viens d'observer, que l'exemple est le plus grand des maîtres, et que, lorsqu'il se joindra aux bons préceptes, on verra luire les heureux jours que désirent les hommes sages.

L'ancien écuyer dont j'ai parlé est l'homme de confiance que s'est choisi M. de Saint-Sulp.... Ayant distingué dans ce zélé serviteur les qualités d'un homme de bien, il en a fait, comme on dit, son ami, son factoton. Il régit les terres de son maître, et distribue ses bienfaits. Les revenus entiers de SaintSulp....., dans de mauvaises années, ont été employés à secourir les malheureux. Dans les épidémies des bestiaux, l'argent du seigneur a été abondamment fourni aux laboureurs, et ils ont eu tous les moyens de rembourser avec facilité. Enfin si on ajoute à ce que je viens de dire que les cens et autres droits seigneuriaux ne sont pas perçus sur les particuliers malaisés, quoi qu'il leur en soit délivré des quittances, il faudra convenir

3.

que M. de Saint-Sulp.... devrait être
le modèle des favoris de la fortune, et
le louable objet de l'estime et de l'amitié
de tous les hommes.

Il se fait d'étranges changemens dans
mes projets. Mon ami voudrait me ra-
mener dans les marais ; je voudrais pouvoir me séparer de lui sans augmenter
les liens qui me retiennent dans le Poitou ; il le voudrait comme moi, mais
nous n'osons rien conclure.

J'ai long-temps balancé entre le désir
de vous embrasser et le regret de quitter
mon ami ; mais il est décidé que je vais
vous rejoindre. M. M.... lui-même m'y
engage. Ah ! mon cher C***!.... je
vais donc m'éloigner des marais ! Adieu,
Poitou ; adieu, séjour paisible de l'amitié ;
adieu , salon orné de mes premiers
crayons ; adieu, modeste foyer auprès
duquel je me suis si souvent vu assis à
côté de mon ami et de sa tendre et vertueuse compagne ; adieu encore, cher

témoin de notre joie paisible, de notre tranquille amitié, de nos heureux projets. Hélas! que de doux momens j'ai passés prés de toi! Pourquoi faut-il que je te quitte! Mon ami me l'apprend. Il faut agrandir ma fortune, exercer des talens qu'il me suppose. Biens trompeurs! que de jouissances délicieuses vous m'aurez fait perdre en couvrant mes yeux du voile imposteur de vos illusions! O vous, mon cher C***! qui connaissez si bien tous les charmes de l'amitié, dites-moi si le plaisir d'être aimé ne dédommage pas amplement de toutes les traverses de la vie!

J'ai revu l'ancien château de Thouars. Les mauvais chemins m'ont privé en partie du plaisir que j'aurais eu dans la belle saison, car il faut être à son aise pour bien jouir des charmes de l'imagination; et l'imagination, comme vous le savez mieux que moi, a le don de tout embellir, de créer même pour ses favoris des jouissances infinies. Avouez, mon bon ami, que, sans un aussi puissant secours, de pauvres diables comme nous seraient aussi malheureux et aussi ennuyés que nombre de grands seigneurs.

Vous devez me savoir bon gré de ce que je vous fais grâce de la mauvaise route de Thouars à Saumur. Pour vous en donner une idée, il suffira de vous dire que, le Thouet s'étant débordé, j'ai été forcé de le passer à gué au fameux pont de Cé; malheureusement, mon cheval s'est dérobé sous moi, et j'ai éprouvé qu'il est bon de savoir nager. Cependant, mon cheval s'est retrouvé, mes vêtemens ont été séchés à Montereau, et j'ai continué ma route. Ne parlons pas des bourbiers qui m'ont retenu trois heures, et ont failli devenir plus funestes à mon cheval que la rivière de Thouet. Hâtons-nous d'arriver à Saumur. Quittons ces chemins détestables, qui sont des fleuves de sable pendant l'été, et des marais pendant l'hiver. Bientôt nous serons sur la belle levée.

Vous n'imagineriez jamais quel est l'objet qui m'a fait tressaillir de surprise aux portes de Saumur ! A peine y étais-je arrivé, qu'une voiture de poste est entrée après moi. Le bruit qu'elle faisait en roulant sur le pavé m'a tellement ému, que j'ai eu peine à retenir un cri involontaire. Une voiture ! le bruit d'une voiture ! direz-vous.... Hé ! pourquoi pas ? La tranquillité des marais avait déshabitué mes oreilles du fracas tumultueux qui vous est familier. Ah ! ne m'enviez pas la jouissance d'un moment de surprise ! bientôt je serai corrompu comme vous. Mais que j'aurai perdu de plaisirs !

Je suis arrivé chez M. L. F.... Je ne vous parle pas du charme de notre entrevue. Vous devez tout imaginer.

L'hiver a désolé les champs. Notre île fortunée a perdu ses charmes. Elle est

entièrement couverte par les eaux de la
Loire. Ses arbres sont sans verdure. Nos
regards, qui se reposaient avec tant de
plaisir sur cette île charmante, errent
maintenant sur la plaine des eaux sans y
trouver d'objet qui les attache.

Nous sommes invités à dîner pour demain au plus prochain village, chez un
de ces messieurs qui, par leur opulence
et leur bonne chère, se sont acquis le renom de bons vivans. Comme le temps est
beau, quoique extrêmement froid, nous
irons à pied chez notre convive.

Mon ami vient, chemin faisant, de
mettre la paix dans une famille. Deux
beaux-frères s'étant injuriés et battus,
deux huissiers profitaient de cette désu-
nion pour conduire à la pauvreté et à l'in-
famie, par leurs perfides conseils, deux
parens qui se seraient pardonné leurs injures réciproques au retour de leur raison.
Ils n'avaient pas la justice pour but, ces
suppôts de Thémis. Leurs pareils ne dé-

sirent que trouble et dissension, et fondent l'espérance de leur fortune sur celle des malheureuses victimes de leur cupidité. M. L. F. a découvert les trames de la mauvaise foi. Le calme a succédé aux noirs soucis, aux doutes, à la haine. Les deux parens se sont réconciliés le verre à la main, ont détesté leur coupable erreur, et baigné de larmes les mains de leur conciliateur. Nous avons goûté le vin de paix, et nos embrassemens se sont confondus avec ceux des nouveaux amis.

Que le spectacle d'une action vertueuse fait de bien à l'âme! L'homme s'élève réellement alors au-dessus de son existence. Que de bénédictions ces bonnes gens n'ont-ils pas données à mon ami! Leurs yeux étaient humides en lui peignant leur reconnaissance ; mais l'effroi s'y montrait, si leur bouche nommait ceux qui avaient nourri leur haine. Consolez-vous, bonnes gens, une âme juste veille autour de vous pour découvrir les piéges de l'imposture et de la mauvaise foi.

Je crois, mon cher C***, que la masse générale de la société serait exempte des vices qui lui sont contraires, si le désir de les extirper n'avait pas inventé le moyen de les perpétuer, et par là éveillé l'ambition effrénée de ceux qui se mettent sous l'abri des lois pour avoir le droit de tout faire. On trouve les hommes méchans faute d'avoir cherché à connaître s'ils étaient bons, faute d'avoir cherché les causes de leur corruption, qui procèdent, j'ose le croire, d'une trop grande confiance, qui, une fois détrompée, a tout bouleversé. Mais le cœur de l'homme ressemble à un bon terrain, qui, pour être mal travaillé quelques années, n'en récompense pas moins les soins de l'intelligent agriculteur qui vient enfin lui donner sa valeur réelle.

Je suis raccommodé avec la campagne.

Voilà l'effet des rapprochemens de l'esprit. Mon souvenir était charmé si délicieusement du tableau des plaisirs que j'avais goûtés dans la belle saison sur les bords de la Loire, que je me figurais voir tout dans l'état où je l'avais laissé. Beaucoup de personnes auraient été surprises comme moi de ne voir plus de feuillages ni de gazon dans notre *île chérie*, de n'entendre plus le ramage des oiselets; mais on aurait été injuste comme moi. Chaque saison n'a-t-elle pas sa physionomie? et dépend-il du caprice de la réformer?

Les épines des buissons sont poudrées de la gelée blanche du matin. Les herbes et les blés naissans sont couverts d'une écume perlée, qui donne à leur verdure l'éclat de l'émeraude. Les chemins sont secs, et nous présentent par intervalles de petits glaçons qui crient sous nos pas. Il est agréable de voir tout cela, de le comparer par le souvenir; et les arbres

avec leurs cent bras, dépouillés de feuillage; et les échalats, supports du cep gri-
sâtre qui les entoure; et l'air frais qu'un
vent piquant pousse dans le visage, et
qui de son haleine glacée rougit le bout du
nez et le menton du voyageur; et la marche naturellement précipitée pour conserver au corps son équilibre de chaleur;
tous ces différens objets produisant autant de sensations diverses, n'ont-ils pas
un charme attachant, surtout lorsqu'un
ami, compagnon de voyage, fait la moitié des frais des sublimes tableaux de l'i-
magination?

Nous sommes arrivés chez le convive
bon vivant sans nous en douter. L'activité de la tête a mené les jambes grand
train. Ce soir je reprendrai la plume.
Je fais faire mes civilités au maître du
logis.

Le physique de M. L.... ne dément
pas sa réputation de bon vivant. Sa taille
est courte, mais bien prise; ses yeux,

quoique petits, sont vifs et animés. Le reste de ses traits, sans oublier son ventre rondelet, ont tous de l'harmonie entre eux. Le grasseyement de l'organe et la vitesse de la parole ne déplaisent pas à l'oreille. Pour ce qui est de la manière d'être de M. L...., il reçoit son monde sans force complimens. On est fort à l'aise avec lui. Il sait toutes les historiettes des environs, parle de son vin avec un sourire de gourmet, fait quelques tours à la cuisine, et revient avec un air joyeux donner de son humeur aux convives : on chante, on danse, on court, et M. L.... voit tout, est partout, plaisante les uns, encourage les autres, et fait un tapage d'enfer. Voilà, mon bon ami, le portrait d'un bon vivant; il ne doit pas vous déplaire. Quant à moi, je me sens tout aise de vous l'avoir tracé.

La gaîté régnait et assaisonnait tous les propos, lorsque deux convives fort attendus sont arrivés à galop de cheval.

Ils sont descendus au bruit des acclamations publiques, comme pourraient faire des généraux d'armée après le gain d'une bataille. Les complimens, les propos obligeans les ont assaillis de toutes parts. Mais, certes, ils ont bien témoigné qu'ils n'étaient pas apprentis en pareille circonstance! Ceux qui n'ont pas eu des remercîmens ont dû être satisfaits des nouveaux venus; car leurs regards obligeans, leur sourire grâcieux, ont flatté chaque individu en particulier. Voilà le grand art des princes et des rois pour gagner tous les cœurs. Chaque homme veut qu'on le distingue; son amour-propre flatté donne de l'affection par reconnaissance. Je ne m'étonne plus de l'accueil qu'on a fait à ces messieurs, ni de la manière avec laquelle ils y ont répondu. Ces messieurs non-seulement sont des princes et des héros, mais encore des dieux, quand leurs rôles l'exigent. Ils sont acteurs, bourgeois, poëtes même; et, par ces deux éminentes qualités, rendent heureuses les sociétés qui peuvent les posséder. Leurs vers, leurs chansons, leur déclamation, ont un succès si prodigieux, que ceux qui ont l'honneur de les recevoir chez eux sont toujours au parterre, et ces messieurs sur le théâtre. Leurs pas cadencés, leurs gestes dramatiques, leurs paroles sonores et articulées avec grâce leur font beaucoup de prosélytes, mais encore plus d'admirateurs.

Pourquoi Molière n'a-t-il pas fait les Précieux ridicules? Aurait-il manqué de modèles? ou les femmes de son temps se seraient-elles absolument emparées de ce genre agréable? Que n'a-t-il été contemporain de nos deux héros ! Apercevant qu'ils faisaient foule, je me suis approché d'eux autant que je l'ai pu; j'ai entendu les paroles suivantes adressées à une demoiselle :

> Vous êtes la plus belle des choses,
> Et vous brillez comme les roses.

3.   16

Je n'ai pu retenir des éclats de rire ; mais heureusement ils ont été confondus avec les applaudissemens des écouteurs, qui m'ont délivré de la honte dont j'aurais infailliblement été couvert pour mon mauvais goût.

Il faut quitter la plume pour aller à table. J'y trouverai sans doute ample matière à mes observations. Vous ne pourriez pas dire de celles que j'ai à y faire : *materiam superavit opus*.

La table a été servie avec élégance et profusion. Tout le monde a avoué que c'était à M. L.... qu'il appartenait de donner de beaux repas. Complimens, complimens, a répondu le bon vivant. Prouvez, prouvez ce que vous dites ; surtout ayez soin des dames. Tout a été trouvé exquis; pour moi, j'ai donné sur le gibier, et m'en suis bien trouvé. Au dessert, le champagne mousseux a combattu le rabelais. Je n'entreprendrai pas de dire quel est celui des deux rivaux qui a été le préféré. Ils ont travaillé de concert à égayer les esprits. Les yeux sont devenus plus vifs et plus brillans ; les demoiselles ont dit maintes chosettes. Pour moi, j'ai eu un soin particulier du gobelet de ma voisine : aussi ce vase miraculeux s'est montré bien reconnaissant. Toutes les têtes ont éprouvé l'effet du divin jus. Ah! qu'il méritait bien un amour sans réserve! Le nectar ne flatte pas le palais des dieux aussi délicieusement. Le chypre et le falerne n'eurent jamais son feu créateur, son coloris et sa délicatesse. Parfois impatient de sa captivité, il sortait par ondées de sa prison de verre, et mouillait de ses jets capricieux le convive charmé de sa coupe et de sa voisine.

Après avoir bu la liqueur, il a fallu chanter chacun selon son tour, suivant l'antique usage. Le maître du logis a commencé. Il a donné le ton, et je vous assure qu'il était gai. Enfin, après avoir beaucoup ri de toutes les farces mises en chant, dont il a plu à chaque convive de nous régaler, le tour des *messieurs* est venu. Ils ne se sont montrés rien moins que familiers du Parnasse, et commensaux du temple du goût. Tout a été de leur domaine. Bernis, Quinault, Boufflers ont été mis à forte contribution; et, en plusieurs occasions, ces messieurs ont prouvé qu'ils avaient une grande puissance dans la république des lettres. Ils ont tronqué, allongé, mêlé, confondu la chanson avec la romance, l'ariette avec le vaudeville; ils se sont approprié les vers des uns, ont donné les leurs à d'autres; enfin je les ai vus faire tant de coups d'autorité, que j'ai douté pendant long-temps si l'empire des lettres n'avait pas changé de forme de gouvernement. En vérité, ces messieurs me le présentaient sous un tel aspect, que j'ai gémi sur le sort des Grecs, des Latins, des Français, enfin des illustres écrivains de tous les pays et de tous les âges, qui, après avoir soutenu avec tant d'éclat la gloire d'une liberté sans tache, tombaient enfin sous le pouvoir du despotisme, qui leur arrachait par lambeaux les ornemens de l'immortalité.

Dès qu'on a su que j'avais long-temps habité la capitale, on s'est empressé de me faire des questions. Bientôt on m'a fait celles qui intéressent le plus les dames de province ; en un mot, on m'a parlé de modes ; et, ces propos agréables devenant de plus en plus intéressans, les dames se sont avisées de me faire juge de leurs parures. J'ai voulu m'excuser, disant qu'un tel emploi était au - dessus de mes forces ; mais, comme le sexe ne veut pas être désobéi, il a fallu me rendre. Chapeaux, gazes, pompons, panaches, ajustemens divers, tout a été de ma compétence.

Je n'ai connu le danger des charges publiques qu'après avoir accepté la mienne.

En effet, puis-je condamner les cheveux-
à-l'enfant de la langoureuse blonde, pour
faire triompher les panaches de la sémil-
lante brune, qui semble, avec ses plumes,
agiter tous les grelots de la folie? Dois-
je préférer les susannes aux figaros, les
tarares aux richards? Ce jugement ne
serait-il pas aussi injuste que si je don-
nais la prééminence aux fichus menteurs
sur les esclavages, aux casques sur les
bonnets, aux couleurs coquelicot sur le
turquin, aux fourreaux anglais sur les
chemises? Non, mesdames, je ne serai
pas assez hardi, assez injuste, pour juger
de l'excellence de votre goût; lui seul
peut mettre de la différence dans vos parures. Tout sied également à la beauté,
lorsque les grâces ont pris soin de l'orner.

Un très-joli souper a succédé à des
amusemens de toute espèce; et, pour
que rien ne manquât à cette petite fête,
nous avons eu spectacle. Les messieurs

s'y sont fait admirer; et ont bien prouvé, par leurs gestes et leurs regards de remercîmens, qu'ils étaient sensibles aux éloges. Cela m'a fait réfléchir qu'on se plaint à tort, dans les spectacles de la capitale, de ce que les acteurs ne sont pas en scène. Car, en se mettant à leur place, on voit bien que, lorsqu'un acteur se montre poli envers le parterre, le parterre le lui rend bien; mais que, lorsqu'il s'avise de ne faire d'attention qu'à son rôle, le public, de mauvaise humeur de son manque de courtoisie, ne lui passe pas les plus légers défauts, et quelquefois même cherche à lui en trouver qu'il n'a pas. Tel acteur sait bien qu'il se fera applaudir de telle manière; un autre a la sienne aussi : bref, dans un siècle poli comme est le nôtre, il faut se dépouiller de cette rudesse qui veut tout bien pour le seul plaisir de le trouver bien, et penser comme ceux qui disent que, pour réussir, le talent ne sert à pas grand'chose.

parce que le talent est fier; mais que
celui-là réussit qui est souple et prévenant
envers tous, parce qu'on a besoin de tous
pour arriver à ses fins. Mon cher C***,
voudriez-vous arriver à vos fins par ces
moyens aimables? Cependant parlons de
notre comédie.

Figurez-vous une grande salle autour
de laquelle l'assemblée assise ne sert pas
d'un petit ornement. Voyez à la seconde
porte d'entrée, car il y en a deux, une
foule curieuse composée de villageois,
qui, la bouche béante, ont la belle atti-
tude qui leur est naturelle en écoutant les
cantiques de Saint-Hubert. Faites attention à la grande embrasure de fenêtre,
qui sert de coulisse par le moyen de son
rideau. Voyez enfin une porte entr'ou-
verte par laquelle les acteurs viennent au
milieu de la salle représenter leur drame,
et jugez de l'effet, si vous pouvez.

J'abandonne mes tableaux, mes descriptions; j'ai à vous entretenir d'un objet

plus intéressant. Un des convives vient de m'offrir, et j'ai accepté, une place dans une voiture qui nous conduira, à frais communs, à la capitale : ainsi, vous ne recevrez plus de lettres de moi ; je n'aurai plus de vos nouvelles ; dans peu nous pourrons nous voir et nous entendre.

VOYAGE

A LA

GRANDE CHARTREUSE,

PAR LE P. MANDARD,
DE L'ORATOIRE.

LE P. MANDARD.

—

Il est peu de recueils qui ne renferment quelques pièces de ce littérateur : on y trouve des tirades heureuses ; mais en général on y désirerait moins d'emphase, et plus de précision.

3. 17

Désert de la Grande Chartreuse.

Berteux & Villery Sculp

VOYAGE

A LA

GRANDE CHARTREUSE.

———

Vous me demandez, mon cher, mes vers sur la grande Chartreuse (1) : c'est un léger présent à vous faire.

Pour répondre à votre amitié, je vous les envoie néanmoins avec la relation entière de mon voyage à cette célèbre solitude. En vous en faisant la description, je voudrais bien pouvoir vous communiquer tout le plaisir que j'ai eu à la voir. Loin d'abuser de votre loisir, ce serait vous procurer un de ces momens rares dans la vie, où l'âme est satisfaite au plus haut degré, sans nul fâcheux retour.

Le 8 du mois d'août 1775, je partis de
Grenoble avec quelques-uns de mes
amis. On ne compte de cette ville à la
grande Chartreuse que cinq lieues, qui
en valent dix de celles de Paris. Nous tour-
nâmes d'abord le mont Saint-Ernard,
et nous prîmes la route du Sapé, ainsi
appelé de la multitude de sapins qui
couvrent cette énorme montagne. Depuis cinq heures du matin que nous
étions partis, jusque vers midi, nous ne
cessâmes de gravir moitié à pied, moitié à cheval. Il est vrai que nous faisions
des haltes, autant pour respirer que pour
contempler à loisir, du haut des rochers,
la beauté des lieux et des vallées. Celle
du Graisivaudan surtout, où est situé
Grenoble, me parut frappante. Le Drac
et l'Isère arrosent ce canton, mais à si
grands replis, et par tant de contours,
que ces deux rivières semblent en former
une vingtaine. Les champs, dont la culture est très-variée, et qui se trouvent

au milieu de ces contours, ont l'air de petites îles. Des hameaux, des vergers, grand nombre de plantations, différencient encore cette scène. Grenoble et ses environs, placés au fond du tableau, embellissent la perspective, et la chaîne immense des hautes montagnes l'agrandit et la prolonge.

En nous procurant ainsi par intervalles les plaisirs de la vue, et en avançant toujours, nous arrivâmes au haut du Sapé. On y rencontre un petit village, où nous nous arrêtâmes pour faire usage des provisions que nous avions apportées.

Les chaleurs étaient accablantes à Grenoble la veille que nous en partîmes ; mais, au Sapé, nous fîmes faire du feu à cause du froid. L'air y était vif et piquant, et les fruits de la saison fort retardés : les cerises ne faisaient que rougir. Nous pouvions être alors à quinze ou seize cents pieds au-dessus du niveau de l'Isère. Après notre repas, sur le point de nous remettre en marche, nous prîmes le parti de renvoyer nos chevaux par le guide qui nous accompagnait, n'ayant plus alors qu'à descendre, et nous voyant d'ailleurs assez près du but de notre course : nous continuâmes donc à pied notre route. Du Sapé au village de Chartreuse, qui donne son nom à tout ce grand désert, on traverse presque toujours des forêts de sapins : les plaines sont rares, peu cultivées et médiocrement fertiles. Le village de Chartreuse offre un aspect singulier ; il occupe une vallée assez considérable ; les maisons, ou plutôt les cabanes des paysans y sont isolées les unes des autres, et représentent une de ces anciennes laures, si connues dans les annales monastiques. L'église est au fond avec la maison du curé, qui semble dominer de là sur tout le reste de la vallée. Le chemin qui conduit à la Chartreuse se prolonge à gau-

che au pied des coteaux : vous ne savez, ce semble d'abord, où vous allez
aboutir ; mais tout à coup s'ouvre une
gorge, où l'on descend par un sentier
plein de cailloux, et l'on arrive à deux
rochers d'une élévation surprenante, fort
rapprochés l'un de l'autre. Il y a là un
courant d'air qui glace. Dans l'espace qui
sépare ces rochers, on a jeté un pont
sous lequel coule un torrent qui traverse
la partie inférieure du désert dans toute
son étendue. L'industrie des chartreux
a mis à contribution ces eaux : ils s'en
servent pour des forges, pour des mou-
lins, pour des machines à soie et autres
usages.

A une demi-lieue de l'entrée, on découvre les bâtimens des religieux : l'ar-
chitecture en est noble, simple et solide.
Toute la partie du devant, construite en
pierre de taille, et couverte en ardoi-
ses, est destinée au logement des supérieurs de l'ordre et des étrangers. On y

arrive par une cour assez vaste, où sont deux bassins d'eau vive, sans cesse renouvelée par un jet qui s'élève à sept ou huit pieds. Dans cette même partie est l'église, qui n'a rien de remarquable qu'un grand goût de décence et de simplicité.

Derrière ces édifices est le cloître, avec les cellules des solitaires, dans un espace de six cents pieds de long. Il y a cent cellules au moins, et l'eau coule partout aussi froide que la glace.

Autour de ces deux grands corps-de-logis, on voit une multitude d'autres bâtimens, écuries, greniers, infirmeries, ateliers d'ouvriers de toute espèce: menuisiers, serruriers, maréchaux, cordonniers, et même fabricans d'étoffes et de toile à l'usage de la maison.

L'autre extrémité de la solitude, par où nous sommes revenus, réunit, dans l'espace de cinq quarts de lieue, toutes les plus belles horreurs qu'on puisse imaginer.

La sortie en est fermée, comme l'entrée, par deux gros rochers, qui en sont comme les portes naturelles. Un peu plus bas, toutes les eaux, réunies dans un même lit, se précipitent en bouillonnant, et forment une cascade majestueuse qui termine cette grande scène, et met le comble à la satisfaction du voyageur.

Avec un peu de loisir j'aurais mis les vers suivans sur les tablettes que les religieux sont dans l'usage de présenter aux étrangers au moment de leur départ :

Déjà de Saint-Ernard disparaissent les cimes,
J'avais du noir Sapé contemplé les abîmes,
Et le Drac et l'Isère avaient fui de mes yeux,
Quand enfin j'arrivai, cher Alcippe, en ces lieux.
Dès que j'en aperçus l'auguste et sombre entrée,
Mon âme de respect soudain fut pénétrée.
Je ne sais quelle voix semblait dire à mon cœur
Qu'au sein de ces rochers habitait le bonheur.
J'avance; deux grands monts sur moi courbés en
    voûte,

Tout fiers, tout imposans, semblent du haut des airs
Interdire aux humains l'abord de ces déserts.
L'aquilon bat leurs flancs; et leurs bases profondes,
Voisines des enfers se cachent sous les ondes.
Je franchis, tout pensif, ce passage effrayant,
Et dans l'ombre des bois je m'enfonce à pas lent. ·

. . . .

. . . .

Tout, dans ces vastes lieux, parle à l'homme qui
        pense ;
Un long amphithéâtre, orné de vieux sapins,
Y tient lieu de remparts, de murs et de jardins.
Mille torrens tombant par cascades bruyantes,
A travers les débris des roches mugissantes,
Les oiseaux à grand vol, les aigles, les milans,
Joignant leurs cris aigus au sifflement des vents,
Les arbres fracassés pár l'effort des orages,
L'éboulement des rocs, et leurs tristes ravages,
Les collines, les monts de frimas couronnés.....
Ce spectacle plaisait à mes sens étonnés.
L'homme à ces grands objets mêlant son industrie,
Redouble la surprise, élève le génie.
L'œil ardent, les bras nus, et les cheveux épars,
On voit là le travail animer tous les arts :
Non ces arts dangereux que le luxe féconde,
Mais ceux que les mortels, aux premiers jours du
        monde,

Contraignant la nature à seconder leurs soins,
Ont su par mille efforts créer pour leurs besoins.
Par le soc et l'engrais, là, malgré la froidure,
Le plus aride sol se prête à la culture ;
D'innombrables troupeaux, au milieu des vallons,
Fournissent tour à tour leur lait et leurs toisons ;
Là se file le chanvre, ici s'ourdit la laine ;
Plus loin, dans les forêts, le pin, l'orme et le frêne,
Roulent, du haut des monts, par la hache abattus :
Sur des gouffres, ailleurs, des ponts sont suspendus :
Partout au mouvement l'adresse s'associe.
Ici tonne l'enclume, et là frémit la scie.
Dans le flanc des fourneaux, par Éole allumés,
On entend bouillonner les métaux enflammés ;
Le feu, l'air, tout agit, et, le long des rivages,
Les flots précipités font mouvoir cent rouages.
Le bruit des balanciers, des forges, des marteaux,
Le fracas des torrens doublé par les échos,
Les ressorts, les leviers et le jeu des machines,
Un si grand appareil au milieu des ruines.......
Je te l'avoue, Alcippe, à cet aspect frappant,
Je devins immobile........................
Je prolonge ma route où l'espace est ouvert,
Et bientôt je pénètre au centre du désert.

Au pied de longs coteaux d'où coule une onde pure,
Il est dans le contour d'une vaste clôture

Un assemblage heureux de tranquilles foyers ,
Simples , et dans leur forme égaux et réguliers.
Un temple est au milieu; retraite où l'on n'admire
Que l'humble piété qui sans cesse y soupire.
Avec elle , en ces lieux , brûlant du saint amour,
L'innocence et la foi font aussi leur séjour:
La vérité s'y plaît , et l'austère silence
En écarte à jamais le trouble et la licence.

. . . .

. . . .

Seul avec la nature , et son auguste maître ,
Inconnu , retiré dans ce réduit champêtre ,
Là l'homme , du vrai bien uniquement épris ,
Se montre le rival des célestes esprits.

. . . .

. . . .

Loin de notre vain luxe et de nos ridicules,
Là , mes yeux , cher Alcippe , ont vu , sous cent
          cellules ,
Cent modestes vieillards , qui dans un corps
          mortel
Attendent , pleins d'espoir, le séjour éternel.
La joie est dans leur cœur, la paix sur leurs visages.

. . . .

Bienfaisans pour autrui, pour eux durs et sévères,
Ils nourrissent le pauvre , accueillent l'étranger,

Enrichissent l'état, loin de le surcharger.
Principes, mœurs, vertus, quand tout tombe et
      s'abîme,
Eux seuls servent encor de contre-poids au crime.
Faibles, si notre cœur ne peut les imiter,
Sachons du moins, ami, sachons les respecter.

NOTE

SUR LE

VOYAGE A LA GRANDE CHARTREUSE.

Note 1. *La grande Chartreuse.*

La grande Chartreuse est ainsi nommée, parce que c'est la première où l'ordre a été institué, et qu'elle en était le chef-lieu.

Le passage du Sapé, pour y arriver, est dangereux, malgré les soins qu'on a pris pour le rendre praticable.

FIN DU TROISIÈME VOLUME.

TABLE

DU TROISIÈME VOLUME.

—